# 구름이 태어난 곳

# 구름이 태어난 곳

아늘리즈 외르티에 지음 · 조현실 옮김

산하

# 1

나는 그게 싫었다.

사람들이 나를 그런 눈으로 보는 게 싫었다.

빵집 딸은 경멸이 뚝뚝 흐르는 미소를 지으며 손가락 끝으로 작은 종이 봉투를 건넸다. 반짝이는 매니큐어가 손톱에 두껍게 칠해져 있었다. 작은 종려나무가 그럴싸하게 그려진 집게손가락이 눈에 띄었다.

부채 모양으로 진열해 놓은 알록달록한 막대사탕들 옆으로 거울이 붙어 있었다. 거울에 비친 얼굴과 마주쳤다. 눈이 시뻘겋게 충혈되고 눈두덩은 부어오르고 머리카락은 빗물에 젖어 헝클어진 여자

아이 하나가 있었다.

바로 나였다.

나는 계산대 위에 동전을 올려놓고는 갈색 봉투를 낚아채듯 받아 들었다. 어느새 초콜릿 빵에서 나온 기름기가 봉투에 배어 있었다. 나는 밖으로 나와 젖어 있는 길을 걸었다. 한 걸음 또 한 걸음. 촌스런 매니큐어를 바른 빵집 딸이 어떻게 생각하든 상관없었다. 한 걸음 그리고 또 한 걸음. 아론이 교문에 기댄 채 샤를로트와 입을 맞추고 있는 장면을 목격한 건 그 여자가 아니니까.

나는 초콜릿 빵을 입에 쑤셔 넣었다. 울컥하며 커다란 빵 조각을 삼켰다. 두 번째, 세 번째 빵도 거의 씹지 않고 허겁지겁 넘겼다. 사람들이 나를 그렇게 쳐다보는 게 싫었다.

그런 시선이 날 따라붙은 것도 벌써 16년째다. 이젠 익숙해질 만도 한데…….

빵집 딸의 경멸하는 눈길은 이렇게 말했다.

'세상에, 초콜릿 빵을 단번에 세 개씩이나. 나중에 망아지만 해져도 놀랄 게 없겠어.'

아빠 비서의 놀란 눈길은 이렇게 말했다.

'아트킨스 박사님처럼 매력적인 분에게 아멜리아 같은 딸이 있다니.'

엄마 친구들의 눈길은 딱하다는 식이었다.

'솔직히, 쟤 운동 좀 해야겠네. 사춘기도 완경이랑 비슷하잖아. 정신 차리지 않으면 순식간에 뚱보가 된다고.'

그리고 아파트 경비 아줌마도 난감해하는 눈길이었다.

'부잣집 애들한테선 빛이 나는 법인데. 돈이 매력을 만들어 주잖아. 잡지에서 보면, 톰 크루즈의 딸이나 영국의 해리 왕자는 반짝반짝하더라고.'

집 앞에 다다랐을 땐 빵 세 개를 모조리 먹어치운 뒤였다. 뱃속에선 1킬로그램은 됨직한 버터가 내 슬픔을 녹이려 애쓰고 있었다.

아론이 샤를로트를 좋아한다고 해서 원망할 수는 없었다.

샤를로트가 게이샤처럼 치렁치렁 긴 머리카락에, 복숭아 같은 엉덩이와 사과처럼 작고 동그란 가슴을 갖고 있다고 원망할 수는 없는 노릇이었다.

내 머리카락이 생쥐 꼬리 같고, 피부는 거칠고, 엉덩이는 루벤스 그림에 나오는 여자들처럼 뚱뚱하다고 나 자신을 원망할 수도 없었다.

서른 살 넘어 슬슬 주름이 생기면서 돈을 들여서라도 애인을 구하는 처지가 되고 싶지 않다면, 눈높이를 낮춰야 할 것이다. 내 수준에 맞는 누군가를 발견해야 한다는 말이다. 내면의 아름다움이라고? 웃기는 얘기다.

아파트의 출입문을 밀었다. 예수의 무덤으로 들어가는 문처럼 무겁게 느껴졌다. 우리 위층에 홀로 사는 루이즈 할머니가 강아지를 산책시키러 나오고 있었다. 강아지는 밍크코트의 겨드랑이에 끼어 숨이 막힌다고 낑낑댔다. 크리스마스가 지났고, 돌볼 손주도 없는 탓에 불쌍한 강아지만 고생이었다.

뱃속과 머릿속이 다 부글거리는 상태로 엘리베이터를 기다리고 있는데, 뒤에서 날카로운 목소리가 들려왔다. 나는 깜짝 놀라 뒤를 돌아보았다. 아파트 경비 아줌마가 경비실 문 앞에 나와 있었다. 짧고 굵은 목에 꽉 끼는 붉은 색 조끼를 입고 있어서 보는 사람이 다 답답할 지경이었다. 아줌마는 지난 12월 말에 구협염에 걸렸다는데, 아직도 그 후유증으로 푸아그라나 훈제 연어 같은 것엔 손도 못 댄다고 호들갑을 떨었다. 쌤통이다.

"아멜리아, 우편물 좀 갖고 갈래? 박사님께 소포가 와 있어."

아빠를 꼭 그런 식으로 부르려 드는 집착이 안쓰럽기까지 했다.

엘리베이터가 덜컹대며 내려오는 동안 아줌마에게 등을 돌리고 있던 나는 하는 수없이 대답했다.

"안녕하세요? 그럴게요."

대꾸가 없었다. 아줌마는 대화를 할 때 상대가 어떤 말투로 얘기하는지에 대해 전혀 신경 쓰지 않는 부류였다.

제발 잔소리가 빨리 끝나게 해 주옵소서. 나는 이렇게 마음속으로 빌면서 엘리베이터 앞에 가방을 내려놓고 경비실 쪽으로 갔다.

경비 아줌마는 나와 수다 떠는 걸 어지간히 좋아했다. 아줌마는 아빠에게 홀딱 반해 있는 게 분명했다. 나는 '외과 의사'라는 단어가 세상의 어느 위대한 주술사가 만든 사랑의 묘약보다도 더 효과 있다는 걸 이미 알고 있었다. 아줌마는 아빠와 관련된 것이라면 무엇에든 관심이 있었다. 나한테도 이런 식이었다.

"어디 보자. 왜 이렇게 안색이 안 좋지? 무슨 일 있니? 아무리 봐도 부은 것 같은데."

하지만 속으로는 이러지 않았을까?

'네 꼴 좀 보렴. 연속극이나 보면서 줄창 초콜릿만 먹어 대겠지.'

도대체 눈치가 없는 아줌마는 말을 쉬지 않았다.

"또 신경증이 재발했나 보구나. 마침 지난주에도 며느리랑 그 얘길 했는데……."

나는 아줌마의 말을 끊었다. 새벽 한 시의 텅 빈 시골 버스처럼 공허한 그 수다에 귀를 기울이고 싶지 않았다.

"제 걱정은 마세요. 그냥 감기 기운이 좀 있는 것뿐이에요."

아줌마는 걱정하는 표정으로 고개를 절레절레 흔들며 내 품에 소포를 안겨 주었다.

"암 같은 병만 아니면 됐지, 뭐. 아참, 편지도 가져가거라. 방금 전에 우체부가 소포와 함께 편지도 맡기고 갔거든."

경비실 안쪽으로 사라졌던 아줌마가 금세 편지 두 통을 들고 다시 나타났다.

나는 봉투를 건네받았다.

"감사합니다."

"무슨 소리야. 이게 내 일인데. 자, 얼른 가서 몸을 좀 따뜻하게 하렴. 부모님께도 인사 전해 드리고. 오늘 아침엔 못 뵈었네. 휴가 내셨나? 하긴 쉬시기도 해야지. 그 중요한 일을 하시려면 얼마나 힘드시겠어."

나는 대답을 우물우물 삼켰다. 그리고 아줌마가 내 부모님의 일정에 골몰하고 있는 사이에 편지를 주머니 속에 쑤셔 넣고 재빨리 엘리베이터 쪽으로 도망쳤다.

집 안은 여느 저녁때처럼 고요했다. 엄마는 밤 아홉시 전에 퇴근하는 일이 드물었다. 엄마가 근무하는 법원이 파리 시내의 외곽에 있는 데다 교통 체증 때문이기도 했다. 아빠는 병원이 지하철역으로 몇 정거장밖에 안 되는데도 대체로 여덟시가 넘어서야 퇴근했다. 물론 당직을 서지 않을 때의 얘기다. 집에서 나는 대부분 혼자 있었다.

전등 스위치를 누르자, 얼마 전 벽지를 새로 바른 벽 위로 빛이 쏟아졌다. 세련된 디자인의 두꺼운 벽지였다. 그 가격을 떠올리는 것만으로도 으제니 그랑데의 아버지*같은 사람에겐 공격이 될 수 있으리라. 집을 꾸미려 드는 건 아빠의 원죄였다. (엄마는 집안 살림에 꼭 필요하지 않은 걸 사는 건 무조건 낭비라고 믿었다.)

나는 현관 서랍장 위에 소포를 내려놓았다. 서랍장에는 이스터 섬으로 여행 갔을 때 사 온 모아이 상과 은으로 세공한 작은 액자도 놓여 있었다. 매일 아침, 열쇠 꾸러미를 집어 들 때마다 엄마는 액자 속 사진의 세 얼굴에 따뜻한 눈길을 보냈다. 그 얼굴들도 엄마를 마주보고 있었다. 사진 속 엄마는 우윳빛 피부에 얼굴 윤곽이 독특했고, 여러 색이 섞인 머리카락이 오묘한 분위기를 자아냈다. 약간 매부리코에 귀밑머리가 벌써 반백이 되어 가는 아빠는 매혹적인 아내를 바라보느라 넋이 나가 있었다. 그리고 나는 평범하기 짝이 없는 여자아이였다. 피둥피둥한 모습이었고, 자신을 세상에 내놓은 빛나는 두 사람에게 짓눌려 꼼짝 못 하고 있었다.

나는 부츠와 책가방과 패딩 점퍼를 마룻바닥에 벗어 던졌다. 그러고는 주방에 가서 물을 마시고, 양말을 질질 끌고 거실로 돌아와 책가방에서 수첩 하나를 꺼냈다. 나는 수첩을 좋아했다. 한 번에 서너 권씩 사서 책꽂이에 가지런히 꽂아 놓곤 했다. 그러면서 아멜리아 아트킨스, 그러니까 상상을 초월하는 재주를 가진 내가 남긴 기록들이 기적의 힘으로 후대에 전해지는 공상을 즐겼다.

---

* 프랑스 소설가 오노레 드 발자크가 1834년에 발표한 소설 <으제니 그랑데>에 나오는 으제니 그랑데의 아버지. 인색하고 탐욕스러운 인물이다.

나는 소파에 책상다리를 하고 앉아서 종이 위에 아무거나 휘갈기기 시작했다. 특별히 미술에 대한 취향 같은 건 없었다. 나는 다른 것도 그랬지만, 그림에 대한 재능은 정말 꽝이었다. 지금 중요한 건 어딘가에 정신을 쏟는 것이었다. 부엌 수납장 맨 위 칸에 남아 있을 초콜릿을 그대로 놔두기. 손톱 가의 살점을 물어뜯어 쓰리게 하지 않기. 아론과 샤를로트 생각을 지워 버리기. 아빠도 그렇지만 얄밉도록 예쁘고 눈부신 엄마에게 무관심하기. 나에 대한 생각을 내려놓기. 분명히 실수로 빚어진 이 뚱뚱한 몸을 떠올리지 않기…….

# 2

문제는 내게 있는 게 아니야. 이따금 나는 이렇게 생각했다. 내가 나라는 존재를 사랑하지 않게 된 인생의 재앙에는 부모님도 책임이 있는 것이다. 나는 지금 부모님이 내게 우월한 유전자를 물려주지 않았다고 불평하는 게 아니다. 두 분 가운데 엄마만이라도 좀 덜 빛났다면 나도 조금은 더 빛났을 거라는 얘기를 하는 것이다.

좀 더 이해하기 쉽게, 한때 내가 정말 좋아했던 음식을 가지고 비유해 보려 한다.(산문적이긴 하지만, 내 능력이 이 정도밖에 안 된다.) 초콜릿 한 조각을 집어 보라. 별로 비싸지 않지만 싸구려도 아닌 것을, 길모퉁이 작은 구멍가게에서 우연히 고른 것을. 한입 베어 문다.

맛있다. 평범한 초콜릿 맛이다. 그러나 그게 다다. 어쩌면 느끼한 뒷맛만 남길지 모른다.

이제 통카 콩*으로 만든 최고의 잔두야**를 상상해 보라. 열정적인 초콜릿 장인이 몇 달에 걸쳐 공들여서 찾아내고 정성들여 만든 레시피의 산물이다. 진하면서도 부드럽고, 달콤하면서도 강렬하다. 혀를 위한 교향악이라고 해 두자. 네모난 초콜릿의 냄새를 맡아 보라. 그 향기가 행복의 약속처럼 몸 안에 퍼지도록 하라. 준비가 되었다면, 반드시 준비가 되었을 때에만, 그걸 조심스레 혀 위에 올려놓아라. 입을 다물고 내면의 호수에서 침묵 속에 기적이 일어나기를 기다려라.

부모님과 나의 차이도 이와 같을 것이다. 나의 하찮음이야말로 두 분이 얼마나 완벽한가를 보여 주는 척도가 아닐까.

어쩌면 나는 자신을 깎아내리기 위해 필요한 것만 보려 했을지도 모른다. 아니면 반대로, 내가 보잘것없다는 감정을 상대화시키고 싶었을지도 모르겠다.

부모님은 아름다워 보였다. 잡지에서 보는 그런 아름다움이 아니라 낯설면서도 마음을 끄는 아름다움, 망막 위에 그리고 기억 속에

---

* 남아메리카산 통카 콩나무에서 나는 향기로운 검은 아몬드 모양의 씨로, 향수의 원료나 바닐라 향의 대용으로 쓰인다.

** 헤이즐넛이 특산물인 이탈리아 토리노 지방에서, 헤이즐넛과 다크 초콜릿을 섞어 만든 초콜릿 이름.

오래 머무르는 그런 아름다움이었다. 두 분은 사회에 꼭 필요한 존재로 존경받을 만했다.(아빠는 외과 의사이고, 엄마는 가정법원 판사이다.) 이처럼 든든한 배경을 갖고 있으니 자만심에 도취되어 자본주의적인 허세를 부리는 대열에 낄 수도 있었을 것이다. 그러나 엄마는 여성 운동 단체에서 열정적으로 투쟁하고 있다. 이 일에 엄마가 쏟는 에너지를 보면, 단지 양심가인 척하려는 자기기만은 아닌 듯하다. 아빠는 지갑을 두둑하게 채우고 다니지도 않거니와, 심지어 주변의 부르주아들에게 손가락질을 당하기도 한다. 가구가 갖추어진 원룸을 한 달에 5유로만 받고 이봉에게 빌려 주었기 때문이다. 이봉은 피어싱을 안 한 부분은 문신으로 채운 주거 부정자였다.

두 분에게도 사소한 결점들이야 있지만, 그건 눈감아줄 만한 것일뿐더러 오히려 감동적이기까지 하다. 아빠의 문제는 환자들에게 너무 빠져 있다는 점이다. 굳이 또 다른 결점을 찾자면, 점점 욕심을 비워 가는 엄마에게 보조를 맞추는 것 같다가도 유명한 네덜란드 디자이너의 사인이 들어 있다는 이유만으로 의자 하나에 3,000유로씩 주고 사기도 한다는 점 정도이다. 엄마는 기타 레슨을 받아 크리스마스 파티 때 너바나의 '너의 모습 그대로(Come as you are)'를 연주하겠다고 약속했지만, 크리스마스가 두 번이나 지난 지금까지도 여전히 두 코드를 연결시키지 못하고 있다. 게다가 엄마는 이따금 정신이 딴 데 가 있는 것처럼 보인다. 그리고 우울해한다.

그러나 아무리 따져 보아도 두 분을 정말로 비난할만한 거리는 찾아내지 못하겠다. 음습한 밤을 연상시키는 퇴폐적인 커플도 아니고, 하루하루를 버티기 위해 마약을 하지도 않는다. 롤렉스 손목시계도 없다. 텔레비전을 시청하며 코를 후비지도 않는다. 있는 척하려고 다른 의사들과 몰려다니며 골프를 치지도 않는다. 오래 묵혀 둔 감정으로 부부 싸움을 한 적도 없다.

두 분은 초콜릿을 씹지 않고 마구 삼키는 일도 없다.

아무리 찾아도 소용없었다. 아무 것도 발견할 수가 없었다. 굴욕적인 치부 같은 건 없었다. 그런 게 있다면 나와 좀 더 가깝게 느껴지고, 더 평범하게 보일 수도 있을텐데.

두 분은 1980년 8월의 어느 저녁에 만났다. 흔히 우리가 상상하는 그런 여름날의 저녁이었다. 길 가는 사람들의 눈에 감도는 달콤한 여유, 카페 테라스에서 끝도 없이 이어지는 토론, 잿빛 지붕들을 핥는 황금빛 광채, 여름, 열기, 미니스커트. 이 모든 게 곧 사라질 터이므로 부지런히 즐겨야 한다고 다들 마음먹고 있을 그런 때였다.

수련의 6년차였던 아빠는 병원에서 돌아오는 길이었다. 퇴근 직전에 아빠는 퍽 힘든 시간을 보냈다. 생수병 뚜껑을 삼킨 아기의 기관 절개 수술을 해야 했다. 아기 엄마는 수술실 문밖에서 울부짖고 있었다. 만일 아기가 죽으면 자기 손으로 남편을 죽여 버릴 거라고 소리

소리 질렀다. 당신 잘못이야. 애를 보려면 제대로 봤어야지. 아빠는 지하철 안에서 자신의 수술 과정을 되새겨 보고 있었다. 개선해야 할 점은 무엇이 있을까 생각하고 있는데, 한 여자가 올라탔다.

빈자리가 많았는데도 그 여자는 아빠 맞은편에 자리를 잡았다. 여자의 시선이 아빠의 시선과 마주친 순간, 평소 자기가 당당한 남자라고 믿고 있었던 아빠는 어쩔 줄 모르며 고개를 숙이는 것 말고는 다른 아무 것도 할 수가 없었다.

아빠는 자기 가방 끈에 달린 누런 금속 장식으로 눈을 내려뜨리고 있었지만, 머릿속엔 태양처럼 빛나는 그 여자의 얼굴이 가득 차 있었다. 기다란 속눈썹, 주근깨가 뿌려져 있는 양 어깨와 무심한 표정. 조금 긴 듯 보이는 코와 사자 같은 머리채의 눈부신 당당함. 눈을 감고 있어도 사라지지 않을 것 같았다.

고전 미술에 대한 지식과 애호 속에서 자라난 아빠였기에 그 모습을 곧바로 알아볼 수 있었다. 그건 바로 에네르의 작품에 나오는 '갈색 머리의 여인'이었다. 화가의 생애와 그림들을 지배했던 그 묘한 베누스타스*. 그런데 한 세기 뒤에 그 여인이, 날씬하고 호리호리한 그 여인이 8호선 지하철에 나타난 것이다. 다른 승객 누구도 그녀를 알아보지 못한다는 게 말이 되는가?

---

* venustas. '아름다움'을 뜻하는 라틴어.

두 정거장을 더 갔을 때, 여자가 일어서면서 아빠에게 가벼운 미소를 보냈지만, 아빠는 헤진 벨벳 좌석에 못 박힌 듯 꼼짝 못 하고 앉아 있었다. 움직일 수가 없었다. 몸이 그렇게 굳어 있었지만, 정신은 다른 데에 가 있었다. 아빠는 작은 꽃무늬가 있는 원피스를 입은 그 여자가 무심한 군중 사이로 사라지는 걸 바라보고 있었다. 아빠는 자기 일생에서 가장 커다란 실수를 저지르고 있다고 생각했다.

그 뒤 며칠 동안 아빠는 그 여자만 생각했다. 아빠는 에네르 작품의 복사본을 사서 자기 방 침대 바로 위 천장에 붙여 놓았다. 낮 동안엔 환자들 사이에서, 슈퍼마켓에서, 영화관에서, 카페에서 끊임없이 찾았다. 꿈속에서 발견했지만, 아침이면 다시금 잃어버리고 말았다. 아빠는 지하철을 몇 시간씩 타고 있기도 했다. 같은 시각에 똑같은 노선을 타고, 노란 의자에 앉은 부랑자에게, 챙 넓은 모자를 쓴 할머니에게 물었다. 혹시 독특한 갈색 머리를 한 아가씨를 못 봤느냐고. 만약 보았다면, 정확히 언제 어디에서였냐고.

그러나 아빠를 미치게 한 그 여자를 보았다는 사람은 하나도 없었다. 아빠는 몹시 상심했다.

이런 집착이 너무 심해지는 게 걱정되었는지, 의과대학 동창 두 사람이 돈을 모아서 〈리베라시옹〉 신문에다 몇 줄짜리 짤막한 광고를 냈다.

"28일 목요일 20시 26분, 지하철 8호선. 화가가 꿈꾸어 온 갈색 머리의 여인을 찾습니다. 이름이라도 알고 싶습니다. 아니면 커피라도 한잔 마시고 싶습니다."

여자가 신문사에 전화를 걸어 왔다. 그 광고가 정말로 자기를 찾는 거라고는 생각지 않았지만, 자기 머리가 갈색인 데다 목요일 저녁에 인종 차별 반대 집회에서 돌아오는 길에 그 지하철을 탔다는 사실을 기억해 낸 것이다. 게다가 그 광고의 말투가 재미있기도 하면서 뭔가 마음을 끌었다.

그렇게 해서 두 사람 사이에 모든 게 시작된 것이다. 그날 이후로 매년 8월 마지막 주말이면 아빠는 엄마를 그 그림이 걸려 있는 뮐루즈의 미술관으로 데려갔다.

내가 지어낸 우리 가족의 신화 속에서 아빠와 엄마는 마치 책에서처럼 그렇게 사랑을 했다. 그 사랑은 아무 것도 두려워하지 않았고, 모든 것에 목말라했다. 세상이 그들 것이었다. 부유한 할아버지 덕분에 사게 된 (할아버지는 파리에서 가장 큰 공증사무소 가운데 하나를 갖고 있었다.) 아빠의 요트가 엄마의 모험심을 충족시키기 위해 바다로 나아가기를 기다리며 르 아브르 항구에서 대기 중이었다. 아빠의 수련의 과정이 끝나자 두 사람은 배를 타고 세계 일주를 떠났다. 나는 그 여행 사진들을 한없이 들여다보며 꿈에 잠기곤 했다. 야윈 얼굴에 알 수 없는 무언가로 가득한 그들의 눈을 들여다보노라면, 어느새 시샘하기 보다는 마음이 아렸다. 두 사람의 머리카락에선 소금기가 느껴졌고, 피부에선 태양에 덴 상처가 보였고, 돛이 펄럭거리는 소리와 물이 찰랑거리는 소리가 들리는 듯했다. 행복한 모습이었다. 그들은 아름답고, 젊고, 완벽했다. 둘만으로도 충만했다.

여행도 지겨워졌을 때, 두 사람은 배를 팔고 새로운 삶을 살기 시작했다. 싫증난 벽지를 새로 바르듯이 간단하게. 엄마는 파리로 돌아오고 싶은 생각이 없었다. 아빠는 어디라도 엄마를 따라갈 심산이었다. 엄마의 삶에 대한 욕구와 어떤 가설도 현실로 만들어 버리는 능력 때문에 아빠는 엄마를 숭배하다시피 했다. 두 사람은 아프리카 수단에 짐을 풀었다. 몇 년의 시간을 다른 사람들을 위해 쓰겠다는 것 말고는 다른 아무런 계획도 없었다. 아빠는 지역의 시민 단체를 통해 보건소에서 일을 했고, 엄마는 숲을 누비고 다니는 이동 진료 사업에 참여했다.

그렇게 3년을 지낸 뒤, 할아버지의 남다른 인맥 덕에 아빠는 파리의 저명한 병원에 외과 의사로 취직하게 되었다.

두 사람은 돌아왔다. 엄마는 그 시절이 무척 괴로웠다고 했다. 문화와 생활 및 사고방식의 차이 때문에 충격이 컸던 것이다. 지나친 개인주의와 광적인 소비, 그리고 극심한 낭비 현상 따위를 견디기 힘들었다. 엄마가 아빠를 설득해서 다시 수단 혹은 다른 지역으로 가려고 했는지 어쨌는지는 모르겠다. 아무튼 두 분은 파리에 머물렀다.

몇 달 동안 쳇바퀴 돌듯 지내다가 엄마는 마침내 4년 전에 그만둔 법학 공부를 다시 시작하기로 작정했다. 그러나 엄마는 생각을 좀 바꿨다. 변호사가 아니라 판사가 되기로 한 것이다. 만약에 정의가 존재한다면, 그것을 찾을 가능성은 변호사석의 반대편에 앉아 있을 때 더 커질 거라고 여긴 것이다.

# 3

경비 아줌마가 내게 건넨 편지들을 보게 된 것은 두 주가 지나서였다. 가사 도우미인 마들렌 아줌마가 내 점퍼를 세탁할 생각을 하지 않았다면 그 편지들은 주머니 안에 더 오래 들어 있었을 것이다. 그날 이후 점퍼를 한 번도 안 입었으니 말이다. 기온이 몇 도 올라서, 조금이라도 더 날씬해 보이려고 나는 얼른 얇은 옷으로 갈아입었다.

3월의 마지막 저녁이었고, 거센 바람에 시달린 금요일이었다. 내 생일 파티를 하고 며칠 안 지났을 때였다. 나는 또 다시 혼자였다. 부모님은 모임에 가서 친구들과 함께 저녁 식사를 하고 있었다. 방에 들어온 순간, 나는 눈에 잘 띄게 놓여 있는 편지 두 통을 발견했다.

마치 이불에 그려진 산딸기 무늬 위에 크림이라도 튄 것처럼 그렇게 놓여 있었다. 운 나쁘게 내 발치에 놓여 있던 과자를 먹어 치우면서 나는 수신인이 누구인지 살펴보았다. 내게 온 편지가 아니었다. 이 편지들이 왜 내 방에 있는 거지? 과자 부스러기가 침대 위로 잔뜩 떨어졌다.

그러다가 어디선가 날아온 공이 뒤통수를 치듯, 갑자기 모든 게 떠올랐다. 경비 아줌마에게 받아온 소포와 편지, 뱃속을 채운 초콜릿 빵 세 개의 무게, 나라는 존재에 대한 절망감, 뺨 위로 흐르던 비와 눈물, 학교 앞에서 서로의 침을 맛보고 있던 샤를로트와 아론.

나는 편지들을 살펴보았다. 하나는 은행에서 아빠에게 보낸 것이었다. 거래 명세서이거나, 아니면 '꼭 한 번만 들러 주십시오. 최고의 수익률을 드립니다.'라며 전에 든 것보다 좀 더 유리한 예금에 돈을 넣으라고 부추기는 광고 따위일 게 분명했다

다른 하나는 엄마한테 온 것이었는데 예사롭지가 않았다. 재생 종이로 만든 봉투에 손 글씨로 주소가 씌어 있었다. 검은 잉크로 가느다랗게 쓴 글씨가 예뻤다. 손으로 쓴 편지는, 멀리 사는 친척 아주머니들이 '새해에도 건강하세요.' 같은 문구를 써서 보낸 것 말고는 받아 본 적이 없었다. 우표에는 새끼 야크가 어미의 두터운 털 속에 머리를 묻고 있는 그림이 그려져 있었다. 야크의 다리는 키릴 문자로 쓰인 문구 때문에 제대로 보이지 않았다. 또 우표의 절반을 덮고 있

는 둥근 우체국 소인을 들여다보니, 밝은 색 잉크로 'MONGOLIA'라고 찍혀 있었다.

침대 위에 흩어진 과자 부스러기를 긁어모으면서 나는 그것이 엄마의 친구가 보낸 편지가 아닐까 생각했다. 한창 추운 2월에 몽골의 기온이 정말로 영하 40도까지 내려가는지 확인하려고 그곳으로 휴가를 떠난 친구가 있을지도 모를 일이었다.

나는 편지 봉투들을 현관의 서랍장 위에 가져다 놓았다. 거울에 비친 나를 보는 순간, 눈 쌓인 들판 한가운데에서 패딩 점퍼를 세 겹이나 껴입고 있는 모습이 상상됐다. 뚱뚱한 몸매가 점퍼 속에 감춰져서인지 우아하고 경쾌한 모습이었다.

다음 날 잠에서 깼을 땐, 토요일 아침의 푸근한 냄새가 내 방까지 스며들어 오고 있었다. 부엌에선 기분 좋은 4월의 햇살이 흰 벽에 부딪쳐 반사되며 엄마의 머리카락을 비추었다. 엄마는 중국풍 의자에 다리를 올리고 앉아서 신문을 읽고 있는 중이었다. 엄마는 가벼운 흰색 티셔츠와 요가 바지를 입고 있었다. 그 모습에 홀려서 당장 사다 입었다간, '이런, 꼭 순대 같잖아.' 하고 탄식할 것 같은 옷이었다.

나의 엄마인 이조르 아트킨스 여사는 마흔여섯 살이지만, 세월도 엄마에게만은 굴욕을 줄 수 없을 것 같았다.

엄마가 나에게 눈길을 보냈다.

"아멜리아, 벌써 일어난 거야?"

엄마 목소리에는 빈정대는 기미 같은 건 조금도 들어 있지 않았다. 엄마는 내가 늦잠을 잔다고 해서 나무란다거나 할 사람이 아니었다.

나는 엄마 맞은편 자리에 앉아 토스트에 버터를 바르기 시작했다. 엄마는 구기자 열매를 조금씩 집어 먹었다. 아니, 어떻게 저런 걸 아침식사로 먹겠다는 생각이 들 수가 있지? 나는 오기가 나서 버터를 바른 위로 잼을 무지막지하게 두껍게 발랐다.

"아빠는 병원 갔어요?"

엄마가 신문을 접더니 김이 나는 커피 한 잔을 따랐다. 지금 생각해도, 그런 엄마의 몸짓은 참 우아했다.

"아니, 샤워 중이야."

나는 토스트를 맛보는 데에만 열중했다. 버터와 잼, 완벽한 조화였다.

"아참, 편지 봤어요?"

"무슨 편지?"

"엄마한테 온 거요. 어제 저녁에 서랍장 위에 올려놨는데. 미안, 경비 아줌마가 나한테 준 지 꽤 됐는데, 깜빡했어요. 몽골에서 온 거던데."

엄마가 커피 잔을 식탁 위에 올려놓았다. 그러나 손에서 놓지는 않았다. 엄마의 손톱은 자두색이었다. 검지의 자두 빛은 살짝 벗겨져 있었다.

"몽골에서?"

나는 토스트를 마저 입 안에 밀어 넣으며 일어섰다.

"응, 잠깐만."

나는 현관으로 가서 편지를 가져다주었다. 엄마는 편지를 건드리지도 않은 채 뚫어지게 들여다보았다. 나는 얼굴을 찌푸렸다.

"내가 뜯을까?"

엄마는 아무 대답 없이 봉투를 뜯더니 그 안에서 크림색 편지지를 꺼내어 펼쳤다. 종이 뒤로 비치는 걸 보니, 편지 역시 손으로 쓴 것 같았다. 엄마는 아무 말 없이 편지를 훑어보고 있었고, 그동안 나는 두 번째 토스트에 잼을 공들여 발랐다.

"엄마도 발라 줄까?"

나에겐 엄마를 좀 덜 예쁘게 만들고 싶다는 심술이 있었다. 촌스런 치마인데도 엄마한테 아주 잘 어울린다고 호들갑을 떤다거나, 200칼로리나 되는 빵을 엄마에게 먹으라고 권하기도 했다. 그러는 자신이 한심하면서도 그럴 수밖에 없었다. 바로 나의 엄마이기에. 그러고 나선 곧 나 자신을 혐오하게 될 게 뻔했지만.

"응?"

"엄마도 빵 먹겠느냐고."

대답은 (어쨌든 부정적이겠지만!) 듣지 못했다. 바로 그 순간 아빠가 부엌으로 들어왔기 때문이다. 아빠는 내 어깨 위에 손을 얹었다. 아빠의 든든한 손이 '내 딸!' 하고 외치는 듯했다. 나는 아빠가 그러는 게 좋았다. 아무 의미 없이 하는 행동이겠지만. 나는 아빠의 가슴을 뛰게 한 이상형의 여인과는 달라도 너무 다르지 않은가.

"안녕, 꽃 아가씨. 나랑 산책 가지 않을래요?"

"거짓말. 벌써 다녀왔잖아요. 샤워도 했다면서."

아빠는 웃으면서 내 머리카락에 입을 맞추었다. 아빠는 향수를 뿌리는 적이 없었지만 늘 좋은 냄새를 풍겼다. 그러고 나서 아빠는 엄마를 바라보며 얼굴을 찌푸렸다.

"당신, 괜찮아?"

나도 아빠의 눈길을 따라 고개를 돌렸다. 엄마의 눈빛이 흐려져 있었다. 나로서는 이해할 수 없는 표정과 함께.

# 4

오늘까지도 나는 여전히 모르겠다. 그 편지가 내 점퍼 주머니에 그대로 쑤셔 박혀 있다가 세탁기 속에서 찢어지고 으깨져서 사라져 버리는 편이 낫지 않았을지. 아직까지도 모든 게 너무 당혹스럽고, 머릿속에선 엄청난 소용돌이가 치고 있다.

그 편지는 '더셸터'에서 온 것이었다. 엄마가 법관 시험에 합격한 뒤 두 달 정도 머물렀던 봉사 단체였다. 그 뒤로 엄마는 매년 9월이면 그 기관에 후원금을 보냈다. 스위스의 시계 장인도 울고 갈 정도로 정확하게 시간을 맞추었다.

엄마가 몽골의 울란바토르에 갔었다는 건 나도 알고 있었다. 그때

찍은 사진을 모아 둔 앨범도 있었다. 그 앨범에는 내가 알고 있던 세상과는 완전히 다른 세계가 펼쳐져 있었다. 내겐 비현실적으로 느껴지는 곳이었다. 파푸아뉴기니 사람들의 성인식에 관한 다큐멘터리를 볼 때의 느낌 같다고 할까. 편지를 처음 본 순간에도 제일 먼저 우표에 눈이 가긴 했지만, 몽골과 우리 가족 간에 어떤 연관도 지을 수가 없었다.

그 새로운 봉사 여행은 수년 동안 책들과 씨름하며 공부만 하던 시기가 끝났을 때 엄마의 마음을 끈 계획이었다. 엄마는 현장으로 돌아가 또다시 자신을 쓸모 있는 존재로 느끼고 싶다는 욕심에 조바심을 냈다. 아빠에게도 함께 가자고 했지만, 아빠는 여름 내내 휴가를 낼 순 없었다. 엄마는 아빠가 속물이 되었다며 비난했다. 정말로 그랬는지는 모르겠다. 또 그랬다 해도 그게 뭐 대수겠는가. 엄마 생각도 그랬을 것이다.

엄마 얘기에 따르면, 그곳에서 보낸 두어 달은 엄마 인생에서 가장 뜨겁게 산 시기였다. 더셸터는 구소련이 무너지고 얼마 지나지 않았을 때 어느 프랑스 사람이 설립한 기관이었다. 사회주의 체제였던 몽골도 시장 경제로 전환했지만, 그 결과는 파국에 가까웠다. 무역이 지지부진해지고 급작스럽게 물자 지원이 중단되면서 몽골 정부는 숱한 혼란을 겪었다. 실업률이 치솟고, 화폐 가치는 떨어졌으며, 물가가 끝없이 올랐다. 이런 경제적 재앙에 더해서 유난히 혹독한 겨울이 찾아왔다. 그래서 가축을 기르던 수많은 유목민들이 일자리를 찾겠다는 기대로 수도인 울란바토르에 모여들었지만, 일자리는 없었다. 도시 주변에는 치명적인 암이 퍼지듯 거대한 빈민촌이 형성되었고, 그곳은 위생 불량과 폭력과 알코올 중독으로 황폐화되어 갔다.

더셸터에서는 거리의 아이들을 돌보았다. 아무도 원치 않는 그 아이들은 무리를 지어 빈 건물들이나 지하 굴속에서 잠을 자면서 페트병을 모으거나 껌을 팔았다. 엄마가 거기 가기 전에 있었던 일인데, 개에게 몸의 절반을 물린 한 여자아이를 더셸터가 받아서 돌보기도 했다고 한다.

사실, 엄마가 그곳에 갔던 걸 내가 모른 척했던 데에는 이유가 있었다. 수단에 머문 것도 마찬가지지만, 나는 그런 현실을 생각하고 싶지가 않았다. 그런 세상이 존재하지 않는다고 믿기 위해선 아예 보지도 않고 생각도 않는 게 상책이 아닐까. 그러면서 그저 내 운명이나 불쌍히 여기며 살아가면 되는 것이다.

아빠가 편지를 받아 들었고, 우리는 함께 읽었다. 엄마는 벌써 커피를 연거푸 석 잔째 마시고 있었다. 바카르라는 여자가 완벽한 프랑스 어로 쓴 편지에는 더셸터가 새로운 방향을 찾아야 하는 상황이 되었다고 적혀 있었다. 설립자가 몇 달 전에 어처구니없는 사고로 죽었다는 것이었다. 한겨울에 말을 타고 가다가 호수의 얼음이 갑자기

깨지는 바람에 사람과 말이 다 물에 빠져 얼어 버렸다고 했다. 그 불쌍한 동물이 너무 큰 고통을 받지 않았어야 하는데!

새 원장이 된 바카르는 편지 말미에서 정기 후원금을 계속 보내 달라고 부탁했다. 엄마의 후원이 더셸터의 사명을 이어가는 데 대단히 중요하다는 것이었다. 바카르는 또 엄마가 울란바토르에 온다면 정말 반가울 거라고 했다. 몇 년 사이에 봉사자들이 완전히 바뀌었지만, 할 일은 달라진 게 없기에 언제나 환영이라고 했다.

"엄마도 그 사람 알아요?"

"누구?"

엄마는 이렇게 사람을 놀라게 할 때가 많았다. 어떤 대화를 하다가도 느닷없이 딴소리를 하는 것이다. 그러면 엄마가 도대체 무슨 생각을 하고 있었던 건지 알 도리가 없었다.

나는 손가락에 묻은 잼을 핥으면서, 마들렌 아줌마에게 잼을 또 만들어 달라고 해야겠다고 생각했다.

"죽었다는 사람이요. 말 말고."

아빠가 재미있다는 표정을 지었다. 엄마는 아무 감정도 담기지 않은 거의 기계적인 목소리로 대답했다.

"알고말고. 날 거기 받아 준 사람인데."

엄마는 물을 한 컵 마시고 나더니 덧붙였다.

"이름이 니키타였어."

엄마의 목소리는 마지막 음절에서 살짝 흐려졌다.

"니키타? 영화 주인공 이름이네. 이름 멋지다. 모험가 같잖아요."

내가 호들갑을 떠는데도 엄마는 혀로 가만히 입술만 핥고 있었다. 나는 빵 한 조각을 또 집었다.

"아무튼 소설 같은 결말이네요. 얼어 버린 호수에서 죽다니."

"그런 것 같니?"

엄마의 목소리는 불꽃도 얼게 할 만큼 차가웠다. 나는 예상치 못한 반응에 놀라기도 하고 민망해져서 얼굴이 확 달아올랐다. 다행히도 아빠가 숨 막힐 것 같은 엄마의 침묵으로부터 나를 구해 주었다.

"그럼 당신한테 편지 보낸 바카르라는 여자는 만나 본 적 있어?"

엄마는 고개를 저었다.

"아니. 이 이름은 처음 들어. 러시아 사람 아니면 몽골 사람이겠지. 내가 돌아온 뒤에 들어왔나 봐. 그것도 벌써 오래전 일이네."

"아무튼 프랑스어를 참 잘하는군."

엄마는 우아하게 일어서더니 식탁을 치우기 시작했다. 엄마는 먼저 내 식탐의 근원지인 잼부터 치웠다. 그건 우연이 아니었을 것이다. 하지만 잼이 무슨 죄가 있다고.

아이디어를 낸 사람은 아빠였다. 어쩌면 아빠 대신 주말 당직을 선 브뤼겐 씨 때문이거나 〈프랑스 엥테르〉 라디오 방송 때문일 수도 있었다. 그것도 아니라면 인플레이션 탓일지도 모르겠다. 책임 소재를 따지자면 끝이 없겠지만, 무슨 일이든 일단 시작이 되면 멈추긴 어려운 법이다.

그날 아침, 라디오 방송국은 파업 중이었다. 연봉 인상 요구와 물가 인상에 대한 항의가 맞물렸다. 정규 방송 대신 음악이 흘러나왔다. 우리 가족은 모두 입을 다물고 있었다. 아빠는 편지를 읽고 있었고, 엄마와 나는 식탁을 치우는 중이었다. 바그너의 곡인 '발키리의 기행' 첫 소절이 울려 퍼졌다. 영화감독이자 배우인 우디 알렌의 얘기가 생각났다. 그는 바그너를 들을 때마다 폴란드로 쳐들어가고 싶은 욕구를 느낀다던가. 아닌 게 아니라 신경질적인 음악이 흘러나오고 몇 초도 안 되어 아빠는 두 주먹으로 식탁을 내리쳤다. 아빠는 폴란드를 침공하는 대신 이 말을 내뱉었다.

"우리 거기 갈까?"

엄마가 아빠를 쳐다보았다. 그러고는 참 뜬금없기도 하다는 듯이 내뱉었다.

"어딜?"

"몽골!"

아빠가 엄마한테 다가갔다. 방금 노벨 의학상이라도 받은 것처럼 흥분한 채 엄마의 손을 덥석 잡았다.

"이조르! 거기 가면 우리의 젊음이 되살아날 거야!"

아빠는 최초로 보드빌*을 공연하는 젊은 배우처럼 엄마가 건넨 오렌지 주스 병을 과장된 몸짓으로 냉장고에 넣었다.

"나도 숨을 좀 쉬어야겠어. 휴식이 필요하다고. 뭔가 진정성 있는 일을 하고 싶어. 감투 하나 얻으려고 서로 물고 뜯는 멍청이들은 아주 신물이 나."

나는 엄마의 눈빛을 살폈다. 엄마가 기뻐하는지, 아니면 이 난데없는 광기에 걱정을 하는지 알 수가 없었다. 혹시 50대의 위기 같은 건 아닐까. 엄마 친구의 남편은 자기 아들의 플루트 선생과 함께 떠났다지 않던가.

"하지만…… 어떻게?"

"왜? 안 돼?"

"모르겠어. 너무…… 갑작스럽잖아. 당신답지 않아."

"어라, 당신도 좋아해야 하는 거 아냐?"

"왜?"

"나도 이렇게 마음 내키는 대로 행동할 수 있다고. 본능에 따라, 열정적으로. 이게 바로 당신이 원하는 거 아니었어?"

나는 입을 꾹 다문 채 탁구 시합 구경하듯 양쪽에서 왔다 갔다 하는 얘기를 듣고 있을 뿐이었다. 살짝 걱정스러운 감도 없지 않았다.

---

* 춤과 노래 따위를 곁들인 가볍고 풍자적인 통속 희극.

까딱하다간 대화가 더 날카로운 국면으로 치달을 가능성도 있어 보였으니까. 아빠는 경주에 뛰어든 순종 말처럼 얘기를 이어갔다.

"당신은 지금까지 살면서 가장 치열한 경험을 거기서 했다고 늘 말했잖아. 그리고 그때 내가 같이 안 갔다고 얼마나 원망했어. 그래서 이번엔 같이 가 보자는데 뭐가 문제지?"

이번엔 내가 얼굴을 찌푸리며 물었다.

"나 혼자만 집에 놔두고요?"

나 혼자 집에 남는다는 생각은 매혹적이면서도 마음을 무겁게 했다. 혼자서 잔다는 건 생각만 해도 겁이 났다. 강도가 왕거미처럼 창문을 타고 올라오면 어떡하지. 하지만 집에서 파티를 열 수도 있다. 그러면 학교에서 투명 인간으로 사는 것 같은 느낌을 덜 받을 수도 있을 것 같았다. 며칠 동안만이라도.

아빠가 비로소 내게 고개를 돌렸다. 딸이 있었다는 사실을 갑자기 깨달은 모양이었다. 아빠가 놀란 표정으로 말했다.

"물론 안 되지. 너도 당연히 우리랑 함께 가는 거야."

나는 기가 막혔다.

라디오에서는 코랄리 클레망의 부드러운 목소리가 흘러나오고 있었다. 이 순간의 내 감정과는 전혀 어울리지 않는 노래였다. 아빠가 다시 입을 열었다.

"방학이 시작되면 바로 떠나자. 7월 초에 떠나면 두 달 정도는 머물 수 있을 거야."

엄마가 웃음을 터뜨렸다. 기이하고도 격렬한 웃음소리였다. 내 표정 때문이었을 것이다. 나는 아연실색했다. 방학을 그런 곳에서 보낸다는 건 말도 안 되는 소리였다. 모르는 사람들과 잠을 자고, 이상한 음식을 먹고 (게다가 배부르게 먹지도 못하면서!) 고아들과 얘기를 나눌 것이다. 이와 진드기가 몸에 기어 다닐지도 모른다. 알지도 못하는 병에 걸리는 건 생각하기도 싫은 일이었다.

엄마도 이 모든 걸 알고 있었다. 엄마는 아빠를 설득할 것이다. 장년의 나이에 접어든 사람들이 인도주의 봉사 활동을 한다는 것은 결코 어린 딸을 위한 게 아니라는 점을 이해시킬 것이다. 나는 그 말을 내가 아니라 엄마가 직접 해 주길 바랐다. 부모 앞에서 스스로 내 품격을 떨어뜨리고 싶은 마음은 없었다. 그러나 엄마는 이렇게 중얼거렸다.

"안 될 거 없지."

안 될 게 없다고? 나는 숨이 콱 막혔다. 관자놀이에서 피가 끓어올랐다.

그런데 우두커니 있던 엄마가 고개를 저었다.

"그런데 난 7월에는 안 돼. 20일에 협회 총회가 있어."

"어? 다른 사람을 대신 보내면 안 되나?"

"내가 회계잖아. 그러니 빠질 수 없지. 그 전에 회계 보고 준비도 해야 해."

"정말이야? 이번 한 번만 빠지는 것도 안 돼?"

엄마가 아빠를 째려보았다.

혹시 그 총회 날짜가 지금 막 정해진 건 아닐까? 아빠와 내가 그 말을 확인할 수 없다는 걸 엄마도 알고 있을 테니 말이다.

아빠는 그래도 실망하지 않고 손뼉을 쳤다.

"좋아. 그럼 8월에나 가야겠네. 한 달만 가 있어도 아주 안 가는 것보다야 낫잖아. 안 그러니?"

아빠는 팔꿈치로 나를 가볍게 밀쳤다. 몸이 흔들릴 정도는 아니었다.

나는 믿을 수가 없었다. 몽골에서 한 달을 보내다니. 도대체 왜 우리 부모님은 다른 사람들과 똑같이 하는 게 하나도 없는 걸까?

"아이쿠. 8월엔 내가 안 되겠네. 유럽 소화기내과 학회 때문에 독일에 가야 하잖아. 까맣게 잊고 있었어."

너무나 다행이었다. 그러나 아빠는 엄마와 나를 번갈아가며 바라보더니 마치 결론이 난 것처럼 선언했다.

"그렇다면 6월이 남았구나. 6월. 6월은 어때? 아멜리아는 수업을 좀 빼먹어도 되지. 뭐. 학기말에는 학교에 가 봤자 만화나 보고 그러잖아. 안 그래?"

나는 눈을 치켜뜨며 말했다.

"하하하. 재미난 말씀이지만, 프랑스어 시험이 기다리고 있다는 걸 잊으셨군요."

아빠는 머리 위에 두 손을 얹고는 부엌을 성큼성큼 왔다 갔다 했다.

"날짜 문제로 이렇게 골치를 썩으면 안 되는데……."

"맞아. 아빠 혼자서 가면 딱 되겠네!"

내가 별 생각 없이 제안했다.

"그건 안 되지."

아빠가 바로 반박했다.

"우리 셋 중에서 이런 여행이 가장 필요한 건 바로 너야."

그러면서 아빠는 집게손가락으로 내 어깨를 눌렀다.

어휴, 입을 다물고 있는 편이 나았을 텐데. 대화가 이상한 방향으로 흐르고 있잖아. 나는 좀 빈정대는 투로 말을 했다.

"2년 뒤에 다시 얘기해요. 우선 졸업 시험부터 쳐야죠."

부모가 아니라 내 입으로 이런 말을 하게 되었다는 게 나로서도 믿기질 않았다. 어쨌거나 2년 후면 상황이 많이 달라질 것이다. 특히 아빠의 생각이.

마침 복도에서 전화벨이 울렸고, 엄마가 프리마돈나처럼 날렵한 동작으로 전화를 받으러 갔다. 나는 이제 그 주제는 끝난 거라고 생각하고 자리를 피했다. 결과적으로 잘 빠져나온 셈이었다. 엄마 아빠

앞에서 발뺌을 하지 않아도 되었기 때문이다.

낮 동안은 그 생각을 잊고 지냈다. 나는 공부를 조금 했고, 그림을 잔뜩 그렸고, 먹기는 엄청나게 많이 먹었다. 나는 샤를로트와 아론 때문에도 지쳐 있었다. 일주일에 닷새는 그들의 달콤한 표정을 보며 상처를 받는데, 주말에는 부모의 박애주의적인 망상까지 견뎌야 하다니. 샤를로트에게 전화를 걸어 내가 방금 엮일 뻔한 말도 안 되는 여행 얘기를 들려주고 싶었다. 그러다 보면 내가 아론을 좋아하고 있으며, 둘이서 붙어 다니는 꼴을 보는 게 너무 힘들어서 몸무게가 10킬로그램이나 늘었다고 말할 용기가 생겨날지도 모를 일이었다. 샤를로트는 이해해 줄 것 같았다. 그 애는 나의 가장 좋은 친구이니까.

그런데 놀랍게도 저녁때 아빠가 또 그 주제를 꺼냈다. 아빠는 대파를 썰다 말고 (아빠가 칼 다루는 솜씨는 놀라웠다!) 불쑥 얘기를 꺼냈다.

"여보, 내가 7월에 아멜리아를 데리고 가면 어떨까? 아빠와 딸, 우리 둘이서 여행하는 거야. 그러면 날짜가 안 맞는 문제도 해결될 테고."

"그럼 병원은?"

"2주 이상 쉬어 보지 못한 게 벌써 몇 년째야. 우리 병원의 그 멍청이들도 나 없이 그 정도는 버텨 주겠지. 게다가 내일 당장 떠나겠다는 것도 아니잖아. 석 달 뒤니까, 준비할 시간은 충분해."

엄마는 커다란 잔에다 와인을 조금 따랐다. 앞머리가 얼굴 위로 흘러내리자, 되는대로 쓸어 올렸다. 아무렇지 않게 하는 동작에도 기품이 있었다. 그러고는 알 듯 모를 듯 모호한 목소리로 대답했다.

"그러던지."

놀랄 만큼 같은 순간에 엄마와 아빠가 나를 바라보았다. 엄마의 눈엔 머뭇거림, 아니 두려움 같은 것이 깃들어 있었다. 아빠의 눈에선 흥분이 엿보였다. 아빠는 칼을 대리석 식탁 위에 올려놓은 다음 내 어깨를 잡았다.

"아멜리아, 솔직히 너는 태어나서부터 온실 안에서만 살아왔어. 사실 우리 잘못도 좀 있지. 너한테 좀 더 자극을 주었어야 했는데."

아빠는 부엌 벽을 이국적인 분위기로 감싸고 있는 모로코 타일 모자이크를 뚫어지게 바라보고 있었다. '뭐랄까, 네가 좀 더…….' 아빠가 무슨 생각을 하는지 내 귀에 들리는 듯했다. 아빠의 눈이 또다시 나를 향했다. 나는 아빠의 오른쪽 눈 홍채에 있는 작은 점에 시선을 집중했다.

"함께 가자. 네 평생에 잊지 못할 추억이 될 거야. 엄마한테도 그랬지만, 그런 경험은 네 인격을 형성하는 데 아주 중요한 역할을 할 거야. '보람'이라는 단어의 의미를 진정으로 이해하게 될 걸."

제기랄, 아빠는 그 몽골이라는 것으로 나를 골탕 먹이고 있었다. 그런데 아빠와 아론에게 잘 보이고 싶은 소녀가, 자기는 시시하지 않다고, 용기도 있다고, 아주 조금은 엄마를 닮았다고 말하고 싶은 소녀가 자신이 뭐라도 되는 듯 플루트처럼 낭랑한 목소리로 대답했다.

"가지요, 뭐."

스스로도 믿을 수가 없었다. 그러나 사실이었다. 대답을 한 건 나였다.

# 5

그 뒤 몇 달 동안, 내 마음은 계속 오락가락했다. 몽골에 갈 생각을 하면 마음이 들뜨다가도 괴로웠다. 어느 날 아침엔 잠에서 깨는 순간, 이거야말로 좋은 아이디어라는 생각이 들었다. 곰팡내가 날 정도로 판에 박힌 삶에서 벗어나 나 자신을 위험에 내던져 볼 때가 된 게 아닐까. 아빠의 그늘 아래에만 있으면 어떤 일도 일어날 수 없을 게 뻔했다.

하지만 다음 날 잠자리에 들면서는 또 그 여행을 가기로 한 자신을 저주했다. 느긋하게 마음 편한 여름을 보낼 수도 있었는데. 강가를 산책하고, 음악을 듣고, 아이스크림으로 한심한 나를 달랠 수도 있었는데. 수첩에다 호리호리한 여자들을 그려 대면서 말이다.

엄마 아빠한테서 보이는 태평함과 자신감이 내게는 왜 이토록 결여되어 있는지. 두 분은 요트를 타고 세계 일주를 하면서, 지도상의 위치 말고는 아무 것도 아는 게 없는 항구에 들르기도 했다. 그런 식의 무모함에 나는 질릴 수밖에 없었다. 어떤 일이 닥칠 때 그걸 제어하려는 시도조차 않는다는 건 나로선 생각할 수도 없는 일이었다. 나는 모르는 사람을 만날 땐 머리가 어지러웠다. 열두 살 때엔 '청소년 캠프'라는 단어만 듣고도 기절을 했을 정도였다. 그런데 아이들이 개에게 물리는 그런 빈민가로 봉사 여행을 떠나라니…….

그렇다고 이미 동의를 해 놓고 없던 일로 할 순 없었다. 아빠가 얼마나 기쁜 표정을 지었던가. 그런 아빠를 실망시킬 순 없었다. 엄마도 마찬가지다. 이 계획은 두 분 삶의 정점이라고도 할 수 있을 테니까.

아빠와 나는 더셸터의 새 책임자인 바카르라는 여자와 인터넷과 전화로 상의를 하느라 많은 시간을 보냈다.

그곳에서 어떤 식으로 지내게 될지 차츰 감이 잡혔다. 나를 단련시켜 강하게 만들려는 아빠의 시도에 나는 속으로 감사했다. 대부분의 자원 봉사자들과 마찬가지로 우리도 한 달 정도 머물 예정이었는데, 그 정도면 충분했다. 아빠는 좀 더 오래 머물고 싶겠지만, 그렇게 되려면 계획의 차원이 달라져야 했다. 관광 비자로는 더 이상 머물 수 없었다. 몽골 정부는 입국 동기부터 시작해 끝도 없는 복잡한 서류들을 요구할 것이다.

엄마는 7월 중순에 열리는 몽골의 전통 축제인 나담에 맞추어서 가면 어떻겠냐고 했다. 나담 기간에 가면 몽골 문화를 제대로 맛볼 수 있다는 것이었다. 우리는 회관에서 머물게 될 텐데, 거기엔 세 명의 상근 직원 말고도 일 년 내내 자원 봉사자들이 들락날락거린다고 했다. 내가 파악하기로는, 우리와 같은 시기에 영국에서 또 다른 자원 봉사자가 온다. 정보처리기능사인 사이먼이라는 사람인데 벌써 5년째 오고 있다고 했다. 영국인 그리고 정보처리기능사, 이 두 요소의 결합이 내게 안도감을 주었다. 그는 크로커다일 던디*는 아닌 것이다. 게다가 그렇게 자주 온다는 걸 보면, 아멜리아 아트킨스도 견딜 만한 곳이라는 의미가 아니겠는가.

아빠와 나는 다른 자원 봉사자들과 똑같은 임무를 맡게 될 것이다. 아이들을 돌보고, 필요한 생필품을 조달하고, 야간 순찰을 돌고, 필요한 경우엔 위탁 가정을 방문하게 될 것이다. 자존심이 좀 상하지 않는 건 아니었다. '유력 인사'의 아들이자 저명한 외과 의사인 아빠가 누리는 선망 어린 시선과 호의에 나도 어느새 길들어 있었던 것

* 1986년에 제작된 호주 영화 <크로커다일 던디>의 주인공으로, 사냥 안내를 하며 살고 있는 전형적인 시골 사나이.

이다. 그러나 어떻게 다른 대접을 바랄 수 있겠는가. 우리는 오페라 구경을 가는 게 아니다. 거기선 아빠도 길에서 처음 마주치는 사람만큼이나 무명인 것이다.

6월이 되자 나는 차분해져 있었다. 만일의 사태에 대비하여 커다란 가방 가득 상비약을 챙겨 달라고 아빠한테 부탁하긴 했다. 하지만 마음 깊은 곳에선 뿌듯함을 느꼈고, 심지어는 조바심을 내며 기다리기까지 했다. 아빠와 함께 한 달을 보낼 뿐더러, 엄마가 겪은 경험을 나도 하러 가는 게 아닌가. 그러고 나면 엄마와 조금 더 비슷해졌다는 감정을 가질 수 있을 것 같았다.

나는 학교 친구들에게도 내 계획을 두루 알렸다. 샤를로트는 놀라워했다. 경제 선생님도 이 사실을 알게 되었다. 선생님은 반 아이들 앞에서 내 계획을 칭찬하며, 마이크로 크레디트*의 중요성에 대해 강의를 해 주기도 했다.

빈민가에서 한 달 동안 머문다는 건 가톨릭 구호 단체에 꾀죄죄한 헌옷 따위를 기부하거나, 국제인권위원회의 청원에 서명하는 것과는 차원이 다른 일이었다. 이번만큼은 내가 다른 아이들과 다르다는 기분을 맛볼 수 있었다. 더 이상은 투명 인간이 아니라는 느낌이었

---

* *Micro Credit.* 기술과 경험은 있으나 신용이나 담보 문제 때문에 일반 금융 회사를 이용할 수 없는 사회적 취약 계층에게 소액 자금을 무담보 무보증으로 대출함으로써 경제 활동을 지원하는 것을 목적으로 하는 사업.

다. 나는 자랑스러웠다. 나는 영웅이었다. 나는 아멜리아 테레사 수녀였다.

우리 아파트로, 더 정확히 말하면 내 머리 위로 쓰나미가 덮친 것은 6월 28일이었다. 그것은 작은 편지 한 통에서 시작되었다. 간결하면서도 치명적인 통지였다.

지금도 생생히 기억난다. 그날, 거실로 들어오는 아빠의 얼굴은 손가락 사이에 들려 있던 종잇장만큼이나 하얬다. 나는 카펫 위에 앉아서 발가락에 엄마의 매니큐어를 바르고 있던 중이었다. 내가 장난으로 물었다.

"왜 그래요? 환자가 소송이라도 걸겠대요? 뱃속에다 가위를 놔두고 꿰맨 건 아니죠?"

보통 때 같았으면 아빠도 웃어 넘겼을 것이다. 그러나 이번엔 이 말 한 마디를 뱉었을 뿐이다.

"너도 믿을 수 없을걸."

나는 초조하게 다음 말을 기다렸다. 허공을 향해 쳐든 매니큐어 솔 끝에 검붉은 방울이 매달려 있었다.

"국민 참여 재판 배심원으로 선정됐어. 7월이야."

아빠가 내게 편지를 건네고는 소파에 몸을 내던졌다. 편지에서 번쩍 하고 섬광이 일었다.

"뭐라고요?"

등받이에 어깨를 파묻은 아빠는 아직도 못 믿겠다는 듯 눈을 휘둥그레 뜨고 있었다.

"재판에 불려 나가야 한다는 뜻이야. 울란바토르에 갈 수 없다는 얘기지."

"농담이죠?"

아빠의 넋 나간 눈빛이 그게 아니라는 걸 너무도 분명히 말해 주고 있었다.

나는 벌떡 일어섰다.

안 돼! 안 돼! 안 돼! 어떻게 나한테 이래. 말도 안 돼. 절대 안 돼.

나는 편지에 씌어 있는 문장들을 집어삼킬 듯 급하게 훑었다.

"어떡해요. 빨리 전화해 봐요. 미안하지만 벌써 비행기 표도 다 사놨다고. 다음번엔 꼭 참석하겠다고 하면 되잖아요! 아니면 할아버지한테 부탁해 봐요! 할아버지가 손가락만 까딱해도 아빠를 리스트에서 빼 줄 수 있잖아."

아빠가 고개를 저었다. 내가 가장 싫어하는 그 대책 없는 표정이었다.

"그래 봤자 소용없어. 특별대우라는 건 없거든. 그건 소환이야. 칵테일 파티 초대장이 아니라고. 면제받는 건 70세가 넘었거나 심각한 병을 앓는 경우뿐이야."

팔에서 힘이 쫙 빠졌다. 손가락에서도 힘이 풀리면서 매니큐어를 바르다 만 발 옆으로 편지가 떨어졌다.

왜, 왜, 왜 또 나한테만?

나는 내 방으로 가서 문을 꽝 닫고 창문과 옷장 문을 활짝 열어젖혔다. 거지같아, 거지같아! 나는 숨이 막힐 것 같았다. 마들렌 아줌마가 깔끔하게 다려 놓은 티셔츠 더미 옆에 먹다 만 초콜릿이 보였다. 나는 침대에 걸터앉아 열린 창문을 마주한 채 깊은 숨을 들이쉬었다. 그러고는 초콜릿을 우걱우걱 씹어 삼켰다.

한참 뒤 설탕과 지방으로 배가 더부룩한 채 방에서 나와 보니, 그 사이 퇴근한 엄마가 아빠와 함께 나를 기다리고 있었다. 마치 카산드라* 역할이라도 맡은 배우처럼 먼저 조심스럽게 입을 뗀 건 엄마였다.

"이걸 어쩌니. 하지만 엄마도 해외여행 때문에 재판정 출석을 거부할 수 있는 사람은 없다는 말을 할 수밖에 없네. 여행의 목적이 봉사 활동이라도 통하질 않아."

아빠도 고개를 저으며 말을 이었다.

"엄마랑 얘기해 봤는데, 나 없이 너 혼자 가는 것도 괜찮지 않을까

* 그리스 신화에 나오는 여자 예언자.

싶다. 열여섯 살이면 그다지 무리도 아니지."

아빠의 말은 날이 시퍼런 단도처럼 나를 아프게 찔렀다. 아빠에게 배신당한 것 같은 느낌이 들었다. 지금까지 우리 셋은 늘 한 팀을 이루어 왔다. 게다가 내가 더 가깝게 느낀 사람은 아빠였다. 우리는 말을 끝까지 안 해도 척하고 알아채는 사이였고, 어느 때에는 말을 할 필요조차 없었다. 아빠가 나를 이렇게 배신하리라고는 한 번도 생각해 본 적이 없었다. 나는 슬펐고 실망했다. 버림받은 것만 같았다.

"하긴 우린 네 나이 때……."

엄마가 아빠 팔 위에 손을 얹었다. 그만 입을 다물라는 신호였다. 아빠는 재빨리 고개를 끄덕이고는 초콜릿에 취해 멍해진 나에게 점잖게 최후의 일격을 날렸다.

"결정은 네가 할 수밖에 없어. 나는 너를 믿는다."

정말로 내게 선택권이 있긴 한 걸까?

# 6

출발하기 전날 밤에는 잠을 거의 못 잤다. 여행 사이트에서 읽은 온갖 주의 사항들을 계속 되씹을 수밖에 없었다. 이런저런 생각들이 머릿속에서 뱅뱅 돌아 정신 차리기가 힘들었다. 울란바토르 가까이 단층이 세 군데나 있다는데, 지진이라도 일어나면 어떡하지? 내가 머물게 될 곳에 지진 위험에 대해 물, 의약품, 식량 따위가 준비되어 있긴 한 걸까. 나는 먹지 못하면 정신이 돌아 버릴 텐데.

그리고 혹시 A형 간염이나 장티푸스나 뇌막염에라도 걸린다면? 나는 예방 주사를 제 날짜에 맞긴 했다. 하지만 그 효능이 100퍼센트가 아니라는 건 누구라도 아는 사실이다. 게다가 뎅기열이나 조류

독감, 페스트 같은 질병들에 대해선 예방 주사도 없지 않은가.

혹시라도 가방을 잃어버려 식물성 비누나 생리대도 없이 지내야 한다면 어떡하지? 행여 테러라도 당한다면? 외교부 사이트도 외국인에 대한 폭력 사건들을 지적하고 있지 않던가. 나는 책상 위에 펼쳐 놓은 울란바토르 지도 위에다, 발에 매니큐어 칠을 한 서양 여자아이가 들어서선 안 될 곳들을 표시해 두었다. 나란툴 시장, 수흐바타르 광장, 서울로, 그리고 안타깝지만 들를 수밖에 없는 국제공항 등이었다. 내가 몇 시에 도착하는지 알리면서, 정말 나를 마중 나올지 확인하기 위해서만도 이미 세 통의 메일을 바카르에게 보냈다.

엄마가 나를 공항까지 데려다 주었다. 차로 이동하는 도중에 나는 화장이 갈라질 정도로 불안해하는 엄마의 얼굴을 보았다. 도대체 어떤 종류의 불안일까? 엄마의 딸이 온실 밖으로 나오는 걸 보는 불안? 아니면 그때만 해도 내가 상상조차 할 수 없었던 비밀스러운 다른 불안?

엄마는 쉴 새 없이 중얼거렸다. 시시하고 재미도 없는 잡동사니 얘기들이 자동차 안을 가득 채웠다. 정말 웃기는 사람들이야. 있잖아, 어떤 부부가 자기네 쌍둥이 이름을 '좌현'과 '우현'으로 지었대. 호적계원이 법원에 제소했는데, 엄마가 바로 그 사건을 맡았지.

딸에겐 아름다움도 용기도 주지 않고 이름만 모험가를 본따 아멜리아*라고 이름을 지은 엄마에 비하면 뭐 그리 바보 같을 것도 없다는 생각이 들었다.

보안 검색대를 통과하기 전에 엄마가 물었다.

"정말 가고 싶은 거 맞아? 거기 가라고 떠민 사람은 아무도 없다. 알지? 지금이라도 생각을 바꿀 수 있어. 뭐라고 안 할게. 아빠도 마찬가지일 테고."

그런 말을 하는 엄마가 원망스러웠다. 엄마가 바라는 게 도대체 뭐지? 마지막 순간에, 이륙 시간이 30분도 안 남은 이때에, 내가 모든 걸 내려놓길 바라는 건가? 못생긴 것도 억울해 죽겠는데, 겁쟁이 못난이에다 이젠 비겁하다고 구박하며 내 여름을 망치려는 걸까? 이젠 실망스러운 존재까지 되라는 건가?

내게 필요한 건 그런 종류의 말이 아니었다. 그 순간에 내가 듣고 싶었던 말은 '네가 새로운 경험을 해 보겠다니 대견하구나.'라든가, '나중에 시시콜콜 다 얘기해 줘야 돼. 엄마는 너를 믿어!' 같은 것이었다.

나는 퉁명하게 대답할 수밖에 없었다.

"알았어. 잘 되겠지, 뭐."

---

* *Amelia Earhart*(1897~1937). 아멜리아 에어하트는 미국의 비행사로 1928년에 여성 최초로 대서양 횡단 비행을 했다.

나는 기내용 가방을 들고 유리문을 향해 첫발을 내디뎠다. 그 다음 절차는 덜 복잡했다.

비행기 안에서 보낸 시간에 대해서는 소소한 것들밖에 생각이 안 난다. 스튜어디스들의 유니폼 색깔이며, 읽지는 못하고 훑어보기만 한 잡지들, (비행기의 건조한 공기가 세균들에게 축복이라는 건 누구나 다 알기에) 강박적인 손 씻기, 수없이 삼킨 사탕들, 여권과 여행자 보험 사본이 제대로 있나 자꾸만 확인하기, 수첩에 그린 그림들, 운항 정보 화면에서 남은 비행 거리 보기.

현지 시각으로 오후 2시 30분에 비행기는 징기스칸 공항 활주로에 착륙했다.

# 7

벨트가 움직이기 시작하자마자 일찌감치 내 짐들이 모습을 드러냈다. 아빠 엄마와 함께 간 휴가 여행에서 그런 일이 생기면, 어린애처럼 신나하면서 가방을 집어 들고 시작부터 일이 잘 풀린다고 좋아했을 것이다.

그러나 이번엔 심란할 뿐이었다. 나는 파리에서 7,700킬로미터나 떨어진 곳에 홀로 있었다. 게다가 1층엔 스파가, 옥상엔 자쿠지가 있고 케이크를 마음껏 먹을 수 있는 별 네 개짜리 호텔에 가는 게 아니었다. 모든 게 끔찍하게 구체적으로 다가오는데, 나는 준비가 되어 있지 않았다. 열 시간이나 비행기를 타고 왔는데 아직도 시간이 더 필요했다.

표지판이 키릴 문자로 되어 있는 것만 빼고는 주변은 전형적인 공항 대기실의 광경이었다. 승객들 가운데 여행객이 거의 없어 보여서 나는 지레 주눅이 들었다. 그 와중에도 좀 유별나 보이는 한 쌍의 남녀를 보면서는 연배가 비슷한 아빠 엄마를 떠올렸다. 평온해 보이는 그 두 사람과 머리가 헝클어진 작고 귀여운 여자아이가 부러웠다. 그 아이를 보니 '조에의 방주'*가 떠올랐다. 그 사건은 우리 집에서 몇 주에 걸쳐 불꽃 튀는 토론의 주제가 되었다.

입국 신고를 하고 나서도 나는 멈춰 서고만 싶었다. 바카르와 인사를 나눠야 할 순간을 늦추기 위해서였다. 어떻게 생긴 여자일까? 더 셸터의 인터넷 사이트에도 사진 한 장 없었다. 대화를 하려면 뭐라고 말을 걸어야 하지? 누가 됐든 모르는 사람들과 얘기하는 건 꺼려졌다. 아빠는 사교에는 천부적인 소질을 타고 난 사람이었다. 자기 앞에 있는 사람에 대해 직관적이고 신속한 이해력을 갖고 있었다. 그리고 어떤 대화를 가볍고 기분 좋은 농담으로 변화시키려면 어떻게 접근해야 하는지 본능적으로 알았다. 반대로 나는 그런 능력이라곤 눈곱만큼도 없었다.

문이 열리자, 지구의 어느 공항에서나 볼 수 있는 전형적인 풍경

---

* 프랑스의 입양 단체. 2007년, 차드의 어린이 100여 명을 수단 다르푸르의 고아들로 위장시켜 프랑스에 불법 입양시키려 한 혐의로 차드 정부로부터 기소되었다.

이 펼쳐졌다. 무리 지어 마중 나온 사람들, 두 손으로 플래카드를 치켜든 사람, 이름을 소리쳐 부르는 사람, 뛰어다니는 아이들, 확성기에서 찍찍거리는 알아들을 수 없는 안내 방송. 지금까지도 생생하게 기억나는 무질서의 인상이다. 잠시 혼란이 지나간 뒤에야 비로소 정신이 번쩍 들어, 내가 길을 막고 있었다는 걸 깨닫고 얼른 옆으로 비켜났다. 마치 생전 처음 비행기를 타 본 사람처럼.

별로 멀지 않은 곳에서 한 노인이 조립식 칸막이에 기대어 바닥에 앉은 채, 누렇게 뜬 손으로 괴상한 현악기를 연주하고 있었다. 바이올린과도 비슷해 보였다. 다른 점이 있다면 손잡이 끝에 말의 머리가 장식되어 있다는 것이었다.

"저건 모린 쿠르라는 악기야. 전설에 따르면, 저 악기가 생겨난 건 한 아이 덕분이지. 영주가 한 아이의 말을 죽였는데, 그 말이 꿈에 나타났대. 말은 아이에게 자기 몸으로 악기를 만들라고 부탁했대. 둘이 영원히 헤어지지 않게 해 달라고."

어디서 튀어나왔는지 한 남자가 바로 내 뒤에 서 있었다. 그는 브이네크 티셔츠를 입고 있었는데, 덥수룩한 가슴털이 옷 밖으로 드러나 있었다. 무릎까지 내려오는 반바지에 주머니들이 여기저기 달려 있는 게, 마치 온갖 도구들이 달려 있는 스위스 칼 같았다. 남자는 마흔다섯 살 정도로 보였다. 매부리코에 턱에는 힘이 들어가 있었고, 머리카락을 뒤로 넘겼으며 자신감이 있어 보였다. 손목에는 촌스럽게 두꺼운 시곗줄이 번쩍이고 있었다.

나는 경계심 때문에 대답을 할 수 없었다. 이 사람이 누구인지, 나에게 원하는 게 무엇인지 알 수가 없었다. 졸부들이나 찰 것 같은 시계에다 우스꽝스러운 전설 이야기라니. 한 가지는 분명했다. 그는 분명히 바카르는 아니었다.

그가 내게 손을 내밀며 경쾌한 표정으로 인사를 건넸다.

"아멜리아 맞지? 안녕, 난 프랑크야. 더셸터에서 일하고 있지. 오면서 힘들진 않았니?"

이해할 수가 없었다. 이건 전혀 예정에 없던 일이었다. 프랑스 사람이든 아니든 간에, 모르는 남자를 따라간다는 건 말도 안 됐다. 그리고 무엇보다도 내가 나라는 사실을 어떻게 알았지?

나는 일부러 똑 부러지는 파리 말투로 대답했다. 할머니가 생선 장수에게 '바닷가아아재를 다 팔아 버리면 어떡하냐'고 혼내던 때 쓰던 말투였다.

"바카르 씨가 저를 마중 나오기로 되어 있는데요."

프랑크가, 아니 자신을 프랑크라고 한 남자가 고개를 저었다.

"급한 일이 생겼어. 아이 하나를 맡겨 놓은 위탁모를 만나러 다르한으로 떠났거든. 방금 결정 나는 바람에 너한테 알려 주지도 못했어. 너는 비행기 안에 있었으니까."

말인즉슨 그럴싸했다. 게다가 그가 내 눈을 똑바로 쳐다보고 있지 않은가. 행동 심리학 잡지에서 봤는데, 거짓말을 할 때엔 시선이 자연스레 오른쪽으로 비껴난다고 했다.

주변을 돌아보았다. 혹시라도 '아멜리아 아트킨스'라든가 '더셸터'라고 쓴 플래카드가 없는지, 또는 '바카르'라고 불릴 만한 얼굴을 가진 여자가 있는지 찾아보려 했다. 하지만 누구도 나를 기다리고 있는 것 같지 않았다.

그는 도로 청소부가 쓰레기봉투를 잡듯 조심스럽게 내 짐들을 집었다.

"갈까? 회관에 일이 많아서."

그가 정말로 더셸터에서 일하고 있다는 사실을 증명해 줄 서류 같은 것을 보여 달라고 하고 싶었지만, 용기가 나지 않았다. 장거리 비행 뒤의 내 몰골은 죽기 살기로 애인을 구하려는 남자라도 기겁하고 달아날 만큼 끔찍했을 게다. 그러니 까다로운 편집증 환자로까지 보이고 싶진 않았다.

나는 고개를 끄덕이는 대신 머리를 가볍게 흔들었다. 그리고 출구를 향해 그를 따라갔다.

자동문이 쉬이익 소리를 내며 양쪽으로 열렸고, 우리는 밖으로 나갔다. 그 다음 몇 초의 순간을 나는 결코 잊지 못할 것이다.

어쩌면 그 여행의 특수성 때문에 내 감각도 변한 것일지 모른다. 처음으로 혼자 떠난 데다 처음으로 힘든 노력이 필요한 여행이었으니까. 어쩌면 그때까지 내가 그런 광경을 한 번도 본 적이 없었기 때문일지도 모르겠다. 완전히 다른 세상에 와 있다는 느낌이었다.

저 멀리 아득하게 펼쳐 있는 초원 한가운데에 마치 실수로 만들어 놓은 듯 생뚱맞게 주차장이 있었다. 푸르른 초원, 새파란 하늘, 티가 조금도 섞이지 않은 원색, 고요함 속에 아스라이 펼쳐진 투명한 공간. 모든 게 더 넓고, 더 컸다. 마치 내 시야가 넓어져서 세상을 파노라마 영상으로 볼 수 있게 된 것 같았다. 마르키즈 제도의 햇빛과 노르웨이의 피요르드와 피렌체의 두오모도 보았지만, 이런 느낌은 실로 처음이었다. 정말······ 압도적이었다. 입 안이 바싹 마르면서 관자놀이에서 피가 솟구치는 느낌이었다. 스탕달 증후군*의 몽골 버전이랄까. 나는 그 묘한 공기를 깊숙이 들이마셨다.

엄마 아빠 사이에서 짐을 끌고 오던 여자아이의 날카로운 울음소리가 뒤에서 들리는 바람에 나는 겨우 정신을 차렸다.

나는 서둘러 프랑크를 향해 뛰어갔다. 그는 몇 미터 앞에서, 내가 어디 있나 보려고 두리번거리고 있었다. 왜 좀 더 드세 보이는 스웨덴 여자를 보내지 않았을까, 어쩌자고 끝없이 펼쳐진 황량한 언덕 앞에서 넋이 나가 있는 땅딸보 아이를 보냈나, 하는 생각을 그가 하고 있

* 아름다운 그림 같은 뛰어난 예술 작품을 감상하면서 심장이 빨리 뛰고, 의식 혼란, 어지럼증, 심하면 환각까지 경험하게 되는 현상을 일컫는다. 스탕달이 피렌체를 처음으로 방문했을 때 이런 증상을 느꼈다고 한 데서 이름이 붙었다.

었을지도 모르겠다.

주차장에는 우리 동네에서 보던 것과 다를 바 없는 자동차들이 서 있었다. 포드, 토요타 같은 세단들이었다. 스탈린 시대의 구형 모델이나 소가 끄는 수레 따위를 기대하고 있었던 걸까? 아무튼 놀라지 않을 수 없었다.

우리는 나란히 걸어갔다. 서로 말을 안 했지만 그게 부담스럽지는 않았다. 그럴 정도로 나는 공간과 색채와 바람을 받아들이는 데에만 열중해 있었다.

마침내 프랑크가 베이지색 미니 트럭 앞에 멈춰 서자, 또다시 불안감이 몰려왔다. 프랑크가 미닫이식 자동차 문을 열었지만, 나는 몇 초 동안 움직이지 않고 꽁꽁 언 대파처럼 그대로 서 있었다. 지붕이 있는 이 화물차는 여자아이를 납치해 범죄 조직에 팔아넘기기에 안성맞춤으로 보였다.

"갈까?"

프랑크의 말에 나는 마지못해 올라탔다. 좌석 위에 놓인 종이 뭉치에 더셸터의 로고가 새겨져 있는 걸 보고서야 비로소 긴장을 풀 수 있었다.

프랑크가 시동을 걸자, 자동차는 천식 환자처럼 그르렁그르렁 기침을 하더니 공항 주차장을 떠났다.

"여기서 울란바토르까지는 20킬로미터야. 별로 멀지는 않지만 시간이 걸릴 수도 있어. 도로가 완전 썩었거든."

나는 고개를 설레설레 흔들었다. 방금 전에 받았던 내 느낌이 틀리지 않았던 것이다. 공항은 그냥 아무 데나 지어진 것 같았다. 광대한 평원을 가로질러 난 길 옆 여기저기에 이동식 천막집인 게르가 보였다. 그리고 희고 둥근 게르 주변으로 가축들이 흩어져 있었다. 멀리 보이는 푸른 산의 윤곽이 드넓은 초원도 어디선가는 끝이 난다는 걸 알려주고 있었다.

프랑크가 내게 머리를 돌렸다.

"지금까지 온 자원봉사자들 가운데 네가 제일 어려. 이런 거 많이 해 봤니?"

그러고는 내 대답을 기다리지도 않고 덧붙였다.

"도대체 누가 너를 이 미친 곳으로 보낸 거냐?"

나는 목을 가다듬고 대답했다.

"엄마가 젊었을 때 여기 오신 적이 있대요. 15년쯤 전에요. 저도 엄마가 했던 경험을 따라해 보고 싶어서요."

너무 웃기는 대답이다. 너무 모범적이다.

"그런데 처음이라 그런지 스트레스를 받네요."

프랑크의 입술 위로 빈정대는 미소가 슬쩍 지나가는 걸 본 것 같았다. 나는 내가 한 말이 얼마나 모순된 것인지를 깨달았다.

"먹고 자는 문제는 걱정 안 해도 될 거야. 우리 회관은 그럭저럭 괜찮은 편이거든. 물론 보라보라 섬의 별 다섯 개짜리 호텔은 아니지만, 이곳 기준으로 보면 불평할 게 없을 거야. 수돗물도 나오니까."

수돗물도 나온다고? 나는 손톱을 물어뜯기 시작했다. 트럭이 속도를 늦추었다. 바로 몇 미터 앞에서 야크 떼가 길을 건너고 있었다. 안장도 없이 말 위에 걸터앉은 목동을 따라 서로 몸을 부비면서 걸어가는 야크 떼의 모습은 돌풍에 휩싸인 털의 바다 그 자체였다. 생전 처음 본 야크라는 동물은 마치 다른 시대에서 온 것처럼 보였다.

저 멀리에서 마을의 윤곽이 드러나기 시작했다. 잿빛의 거대한 발전소 두 곳에서 내뿜는 짙은 연기가 더러운 솜조각처럼 하늘로 흩어지고 있었다. 마을 위의 공기는 더 갑갑해 보였다.

트럭이 다시 부르릉대고 있는 동안, 나는 어느새 대화에 빠져들고 있었다. 프랑크에게 이것저것 알아내어 안심하고 싶었던 것 같다.

"여기서 일하신 지는 오래됐어요?"

프랑크가 나를 힐끔 보았다.

"그냥 말 편하게 해."

우리가 언제부터 그렇게 가까운 사이였냐고 따지고 싶은 걸 참고 나는 다시 말을 이었다.

"아, 네, 여기서 일한 지 오래 됐어요?"

"5년 됐어. 15년 전 여기 처음 왔을 때는 유니세프에서 일했지. 거긴 아주 전문적이긴 하지만, 의사 결정 구조가 너무 피라미드식이었어. 자동차에 기름 한 번 채우려 해도 서류를 50장은 작성해야 되고, 결재도 50번은 받아야 했으니까. 그러던 차에 니키타의 단체에서 사람을 찾는다기에 지원했지. 니키타는 더셸터의 설립자야. 작년에 말 사고 때문에 세상을 떠났어."

"나도 알아요. 바카르가 편지에서 얘기해 줬어요. 그런 사고가 자주 일어나나요?"

프랑크는 길에 나 있는 커다란 구멍을 피하느라 급히 핸들을 틀었다. 그는 운전을 거칠게 했다. 그런 식으로 기계를 다루는 게 남자다워 보인다고 믿는 것 같았다.

"사냥철에는 유목민들한테 가끔씩 있는 일이야. 보통은 늙은 말들이 호수를 건널 때 육감이라는 게 있거든. 나름의 요령이 있지. 한 발 딛고 미끄러지던가, 한 발 한 발 차례로 내딛던가. 그런데 어떻게 된 일인지 모르겠어. 말이 좀 피곤했었나 봐. 니키타는 사냥할 때는 시간 감각이 없거든. 몽골에 첫발을 디딘 순간부터 사냥은 줄곧 그의 열정이었어. 니키타의 죽음은 모두에게 큰 충격이었어. 참 좋은 사람이었거든. 모두 존경했지. 그 사람을, 그리고 그 사람이 여기서 하고 있는 일을. 사실 모든 단체가 다 그렇진 않거든."

도시가 점차 모습을 드러내기 시작했다. 지붕과 지붕이 맞닿을 정도로 게르가 연이어 나타나더니, 콘크리트 건물도 처음으로 모습을 드러냈다. 아스팔트 도로는 거의 없었고 대부분 비포장 도로였다.

"무슨 뜻이죠?"

프랑크는 도로에서 눈을 떼지 않으며 짧게 대답했다.

"별의별 일이 다 있단 얘기야. 봉사 단체라고 뭐 다르겠어."

프랑크는 껌을 꺼내더니 입에 쑤셔 넣고 우적우적 소리 내며 씹기 시작했다. 내게는 권하지도 않았다.

"더셸터가 설립된 지도 벌써 30년 가까이 됐어. 여기야말로 일을 가장 효율적으로 해 나가는 기관들 가운데 하나야. 유목민 위탁 가정에 아이들을 맡기기 시작한 건 니키타야. 전에는 그럴 생각을 못했지. 우리는 동시에 많은 아이들을 돌보진 못하지만, 제대로 하려고 애쓰고 있어. 지금은 상주하는 애들이 열여섯 명이나 되고, 임시로 받아줄 수 있는 자리도 몇 개 남아 있어."

울란바토르 시내로 들어서고 있었다. 나는 더 이상은 대화를 이어가지 않았다. 그토록 환상을 품고 있던 이 도시를 발견하는 데 푹 빠져든 것이다. 이미 안내 책자나 인터넷에서 울란바토르의 사진들을 수없이 많이 봤다. 그러나 이렇게까지 실망스러울 줄은 꿈에도 몰랐다. 하물며 공항에서 내렸을 때 느꼈던 것보다도 더했다.

그 도시는 완전한 무정부 상태 그 자체였다. 게르 바로 옆에 번쩍번쩍 빛나는 빌딩들이 서 있었다. 구소련 시절에 지어진 음산하고 황폐한 거대한 건물들도 어지럽게 서 있었다. 그 건물들 안으로 들어가 봐도 별로 다를 게 없을 것 같았다. 여기저기 건설 현장들에 크레인이 여럿 솟아 있었고, 건축 자재들이 먼지를 뒤집어쓰고 무질서하게 쌓여 있었다. 공기가 답답했다. 나는 생각만으로도 목이 답답해져서 기침을 시작했다.

"그래, 적응을 좀 해야 할 거야. 그나마 여름엔 숨이라도 쉴 수 있지만, 겨울엔 매연이 자욱해. 빈민가에선 야크 똥조차도 없어서 대부분 타이어를 태워서 난방을 하거든."

트럭이 우회전을 하면서 우리는 간선도로로 접어들었다. 내가 미리 조사한 정보에 따르면 그 길 이름은 '피스 애브뉴'였다. 도로 표지도 전혀 없는 상태에서 행인들은 길을 가로질러 다녔고, 자동차들도 아무렇게나 달리고 있었다. 깜박이를 안 켜고 갑자기 길에서 벗어나기도 했다. 나는 손으로 좌석을 힘껏 붙들고 있었다. 나는 차도보다는 인도에서 보이는 것에 집중하려고 애썼다.

전통 의상을 입은 사람들 옆으로 양복 정장을 갖춰 입은 사람들과 스키니진을 입고 이어폰을 쓴 청년들이 나란히 걷고 있었다. 가게들은 다양했다. 어떤 쇼윈도에는 영어도 쓰여 있었다. 패스트푸드 가게와 시장이 보였고, 미친 듯 깜박이는 네온사인들이 요란했다. 흰 장갑을 끼고 얼굴 절반을 외과용 마스크로 감춘 여자들도 여럿 보여서, 내가 물었다.

"저 여자들은 뭐하는 거예요?"

프랑크는 얼른 백미러로 눈길을 주더니 진지하게 대답했다.

"공중전화."

그는 경적 소리를 내는 자동차들을 지나가게 하느라 급히 브레이크를 밟고 나서 말을 이었다.

"저 여자들 무릎 위엔 전화기가 놓여 있어. 전화 걸고 싶은 사람들은 돈을 내고 그 전화를 쓰는 거야."

나는 똑바로 앉아서 계속 창밖을 내다보았다. 엄청난 양의 새로운 자료들을 뇌 속에 차곡차곡 저장하면서.

트럭이 다시 움직이기 시작했지만, 차도를 건너는 양떼 때문에 또 다시 멈춰야 했다. 기름지고 더러운 털이 두툼하게 덩어리진 채 양들의 몸에 늘어져 있었다.

프랑크가 손가락으로 옆을 가리켰다. 한 남자가 목에 건 플라스틱 병에다 동전을 집어넣고 있었다. 그 옆에 놓인 체중계로 양복을 입은 한 남자가 씩씩하게 올라섰다.

"저 남자는 자기 체중계를 빌려 주고 돈을 받는 거야."

우리 뒤에서 경적 소리들이 합창을 하고 있었다. 다시 출발하면서 프랑크는 이곳에 친숙한 사람의 여유가 담긴 미소를 지으며 말했다.

"울란바토르에 오신 것을 환영합니다!"

몇 분이 지나서 트럭은 비포장도로로 들어섰다. 길이 움푹움푹 파여 있었는데, 진흙 구렁 안에서 비둘기들이 처량하게 몸을 흔들고 있었다. 조금 더 간 다음, 프랑크는 작은 건물 앞에 차를 세웠다. 수수해 보이는 건물에 더셸터 간판이 있었다. 빨간 글씨로 커다랗게 쓰인 영어 글자 밑에 키릴 문자로도 쓰여 있었다. 아이들이 그린 그림이 건물의 정면을 꾸미고 있었다. 게르와 큰 낙타 한 마리, 작은 낙타 한 마리가 그려져 있었다. 출입구 반대편에는 둥글고 검은 귀를 가진 한 신사가 그려져 있었는데, 미키마우스가 틀림없었다. 왠지 서글퍼 보였다. 이런 그림이야말로 고아원의 이미지니까. 건물 안에 무엇이 있는지를 잊게 하기 위한 장식이니까.

건물 옆 작은 마당에는 밝은 색으로 칠해진 가느다란 막대들로 울타리가 쳐져 있었다. 건너편 풀밭에는 색칠한 타이어들을 묻어 놓아 아이들이 기어 올라가서 놀게 해 놓고 있었다.

나는 트럭에서 내려서면서도 어쩔 줄 모르고 있었다. 나를 지켜 줄 아빠 엄마도 없는 상태에서 어떻게 행동해야 할지 알 수 없었다. 미쳤지. 여기서 도대체 뭘 어쩌겠다는 거야. 엄마 아빠, 어디 있어요?

프랑크를 따라 건물 안으로 들어서자, 커다란 방이 나타났다. 그곳에 놓인 간소한 가구들은 장식보다는 효용성을 위해 선택된 것 같았다. 방 한가운데에는 눈병을 일으킬 만큼 요란한 색의 양탄자가 깔려 있었고, 그 위에 여러 아이들이 한 여인을 둘러싸고 앉아 이야기를 듣고 있었다. 아이들은 네 살부터 많아야 여덟 살쯤 되어 보였다. 다들 얼굴이 보름달처럼 둥글었고, 숱이 많은 검은 머리카락엔 윤기가 자르르했다. 방 안에선 오렌지색 소파에 앉은 여자아이 둘이 뜨개질에 열중해 있었고, 다른 아이는 바싹 깎은 머리를 두 손으로 받친 채 누워서 천장만 바라보며 꼼짝 않고 있었다. 그 아이는 이가 있는 게 분명했다. 라벤더 향을 챙겨온 게 천만다행이다 싶었다.

벽에는 압정으로 붙인 그림들이 있었고, 책장에는 책과 장난감 상자 들이 놓여 있었다. 상상했던 것보다 더 열악한 환경이었다. 벌써 머리가 근질근질해지기 시작했다. 울고 싶었다. 식초로 머리를 감고 싶었다. 그리고 당장 공항으로 달려가고 싶었다.

"생 베노!*"

프랑크가 큰 소리로 외치자, 아이들이 메아리처럼 따라서 합창을 했다.

집에 당장 돌아가겠다는 건 얼토당토않은 생각이었다. (아빠 엄마의 표정을 상상해 보았다. 영어도 안 통하는 나라에서 비행기 표를 바꾼다는 게 얼마나 어려운 일일지도 계산해 보았다.) 나는 깊이 한숨을 내쉬고 나서 웃어 보려 애썼다.

아빠가 동네 서점에 주문해서 사 준 사전을 보며 몽골어를 몇 마디 배우긴 했다. 나는 한껏 호의를 발휘해서 더듬더듬 인사를 했다. 거울 앞이 아닌 다른 곳에서 몽골어를 말해 본 건 처음이었다. 그러나

* 처음 만날 때 하는 몽골어 인사.

아이들은 얼굴을 찌푸렸고, 두 아이는 웃기까지 해서 나는 얼굴이 빨개졌다. 단 한 마디 말로 웃음거리가 되어 버린 것이다. 프랑크가 나를 툭 쳤다.

"몽골에선 아는 사람들끼리만 인사를 하거든."

나는 다시 얼굴이 붉어지면서 신경이 곤두섰다. 프랑크, 이 사람은 원생동물 수준의 감정 지능을 갖고 있는 것처럼 느껴졌다.

검붉은 색 사틴 치마를 입은 여자아이가 무엇인가를 물었다. 그러자 이야기를 읽어 주던 여인이 부드러운 목소리로 대답하는데, 내 이름도 들렸다. 몽골식으로 발음을 하니 내 이름인데도 낯설었다. 아이들이 모두 내게 호기심에 가득 찬 눈길을 보내는 걸 보니, 나에 대한 설명을 해 주고 있는 것 같았다. 기본적인 예의도 숙지하지 못한 이 뚱뚱한 서양 여자아이와 한 달이라는 긴 시간을 함께 지내야 할 거라고 설명하고 있는 건 아닌지. 여인이 일어서더니 내게로 다가왔다. 이곳 사람들 특유의 둥근 얼굴을 한 여인의 검은 눈에는 깊은 부드러움이 깃들어 있었다.

"안녕하세요? 내 이름은 오얀자에요."

나는 프랑크에게 겁에 질린 눈길을 보냈다. 대답을 해도 되는 건가요?

그녀가 미소를 짓길래 나도 인사를 했다. 그녀가 먼저 인사를 건넸으니, 이번엔 실수한 게 아니겠지. 오얀자는 떠듬거리며 계속해서 프랑스어로 말했다.

"나는 여기서 일해요. 프랑스어를 별로 잘하진 못해요."

프랑크가 끼어들었다.

"나는 몽골어하는 데에 별 문제가 없어. 그러니까 오얀자 말을 못 알아듣겠으면 날 불러. 내가 통역해 줄게."

프랑크, 이 사람은 정말로 이상했다. 어떤 사람인지 도무지 가늠이 안 됐다. 허세부리는 마초 같은 인상이라서 봉사 활동하고는 도무지 어울리지 않는 외모였다. 게다가 봉사라는 특별한 길을 선택했다면, 그는 왜 15년간 도움을 주고 있는 사람들에게까지도 거만하게 보이는 걸까?

프랑크가 손짓을 했다.

"자, 가자. 네 방을 보여 줄게."

나는 오얀자에게 몸을 숙여 인사하고는 또다시 얼굴을 붉히며 그를 따라갔다. 중국 사람 집에 온 것도 아닌데 나는 딱할 정도로 굽실거리고 있었다.

우리는 나무로 된 계단을 올라가 방으로 들어갔다. 정말 다행스럽게도 방은 밝고 깨끗해 보였다. 스파르타식 인테리어가 이런 게 아닐까. 철재 침대 두 개와 의자 두 개, 그리고 몽골 문양이 그려진 작은 나무 옷장이 있을 뿐이었다. 삼각형 모양의 작은 세면대가 전체 분위기를 완성시키고 있었다. 거울은 없었다. 덕분에 마음을 비울 수는 있겠군.

"이게 네 방이야. 샤워실은 복도 끝에 있어. 모두 함께 써야 하니까, 물을 아껴야 해. 그러다 보니 아이들한테 씻는 걸 가르치기도 참 어려워. 게다가 겨울에 물이 얼어 버리면……."

나는 꼭두각시처럼 머리를 끄덕였다.

"알겠어요. 조심할게요."

"좋아. 그럼 짐 풀어. 준비되면 아래층으로 내려와. 네가 할 일을 설명해 줄 테니까."

프랑크가 문을 닫고 나갔고, 나는 침대 위에 걸터앉았다. 스프링에서 요란한 소리가 났다. 나는 빨랫감처럼 후줄근한 상태로 홑이불 위에 늘어졌다 그리고 몇 초 동안 눈을 감고 있었다. 아래층에서 아이들 떠드는 소리가 희미하게 들려왔다.

갑자기 아빠 엄마 생각이 났다. 프랑스는 지금 밤 10시다. 두 분은 집에서 저녁을 먹고 있겠군. 예전처럼 다시 둘만 남은 걸 어색해하면서. 엄마는 아빠가 특히 좋아하는 하늘하늘한 푸른색 원피스를 입고 있겠지. 내가 잘 도착했을지 궁금해 하면서. 요즘 유행하는 장수 식사 요법을 시험해 보고 있겠군.

나는 전화기를 꺼내어 급히 메시지를 보냈다. 더셸터 회관에 도착해서, 잘 지내고 있다고.

나는 아직까지 가방 깊숙한 곳에서 기다리고 있는 비스킷 상자 네 개 중 하나도 공략할 생각을 않고 있었다. 비스킷들은 반바지와 스웨터, 수첩, 짝 안 맞는 내복, 탐폰, 상비약 꾸러미 사이에서 무사히 남아 있었다. 그게 바로 내가 잘 지내고 있다는 증거였다.

# 8

15분쯤 지나 프랑크를 만나러 아래층으로 내려갔다. 오얀자는 아이들에게 간식을 나누어 주고 있었다. 아이들은 한 줄로 늘어서서 얌전히 기다리고 있었다. 간식거리가 이 아이들에게 얼마나 대단한 의미를 갖고 있는지는 눈빛만 보고도 충분히 알 수 있었다. 오얀자가 내게 신호를 보냈다. 배가 고프냐고 묻는 것 같았다. 왜 그런 걸 묻지?

나는 고개를 저었다. 비쩍 마른 그곳 아이들과 달리 나는 뚱보였지만, 그래도 분위기 파악은 할 수 있었다. 이런 상황에서 무엇을 받아먹겠다는 건 정말 눈치 없는 짓 아닌가.

"아, 됐어요. 고마워요…… 우구이, 우구이*……"

오얀자는 고개를 끄덕이고는 간식 배급을 계속했다. 익숙한 동작으로 빵 한 조각과 치즈 한 조각씩을 뜯어서 기다리는 아이들의 손에 쥐어 주었다. 오얀자는 몇 살이나 되었을지 짐작이 안 갔다. 대략 마흔 살 정도 됐을까? 야무지게 땋은 검은 머리카락이 꼬리뼈 부근까지 길게 내려와 있었다.

오얀자는 무슨 연유로 여기서 이 일을 하게 되었을까? 사명감 때문에? 또는 우연히? 이런 일을 하는 사람은 평범한 사람들과는 뭔가 다른 데가 있을 것 같았다.

프랑크에게 가려고 하는 순간, 한 무리의 남자아이들이 방으로 쳐들어왔다. 마치 상자에서 희죽거리며 튕겨져 나오는 악마들처럼. 그 가운데 빨간 반바지를 입은 한 아이는 너무 큰 티셔츠를 입고 있어 몸이 거의 다 가려질 정도였다. 녀석은 작은 아이의 팔을 힘껏 치고는 그 바람에 땅에 떨어뜨린 빵과 치즈를 얼른 주웠다. 기겁을 한 나는 반사적으로 뒤로 물러났다.

오얀자는 조금도 놀라지 않고 뭐라고 소리를 질렀다. 그런데도 그 아이는 서둘러 치즈 조각을 입 안에 쑤셔 넣었다.

오얀자는 간식 상자를 내 품에 안기고는 아이의 티셔츠를 붙들고 구석으로 질질 끌고 갔다. 그동안 다른 아이들은 흩어져서 신나게

---

* 몽골어로 '아니오'라는 뜻.

놀고 있었다. 그 아이들은 회관에 살고 있는 게 분명했다.

나는 간식 주기만을 기다리고 있는 열 명 가량의 아이들과 마주하고 있었다. 그 아이들이 내미는 가무잡잡한 손이 꼭 어린 새의 주둥이 같아 보였다. 나는 빠른 동작으로 빵 한 조각을 뜯어서 내 앞에 벌려진 손에 쥐어 주었다.

정말 아무 것도 아닌 일이었는데도, 그때를 떠올리면 지금까지도 가슴이 먹먹해진다. 아마도 처음 맞닥뜨린 낯선 상황 속에서 그때까지 내가 음식에 대해 갖고 있던 생각이 여지없이 무너지는 경험을 했기 때문일 것이다. 아니면 그런 일을 한 번도 해 본 적이 없었기 때문일지도 모르겠다.

두 번째 아이에게도 나누어 주고 나니 자신감이 조금 붙었다. 세 번째로 등장한 얼굴에게는 웃어 줄 여유까지 생겼다. 연약해 보이던 그 작은 남자아이는 내 팔찌를 징기스칸의 보물이라도 되는 듯 구경하고 있었다.

프랑크가 내 쪽으로 다가왔다. 그 뒤로 헤어스타일이 괴상한 한 남자가 따라오고 있었다. 롤링스톤즈가 그려진 티셔츠를 입은 그가 미소를 짓자 삐뚤빼뚤한 치열이 그대로 드러났다.

"사이먼이야. 저 망나니 녀석들을 데려온 게 바로 이 친구지."

"웰컴 히어, 아멜리아!"

사이먼이 멋들어진 영국식 악센트로 인사를 했다.

그가 발음하는 내 이름은 노래 가락처럼 멋지게 들렸다. 프랑크와 달리 사이먼에겐 보자마자 호감이 갔다.

구석에서 오얀자에게 벌을 받고 있는 남자아이를 가리키며 프랑크가 익살맞은 표정으로 설명했다.

"길에선 가장 힘센 아이가 법이야. 같은 패에 속하지 않으면 큰 애들이 작은 애들을 괴롭힌다고."

사이먼은 전형적인 영국식 몸짓에다 프랑스어와 영어를 섞어 말하며 한술 더 떴다.

"여기선 이런 식으로 하면 안 된다고 가르치는데, 보다시피 어려워."

나는 뭐라고 대답해야 할지 몰라 그냥 머리만 끄덕였다.

"사무실로 와. 무슨 일을 하는지 설명해 줄 테니까."

프랑크가 말했다.

사무실 벽은 신문과 잡지에 실린 기사, 카드, 서툴고 유치한 그림 따위로 온통 도배되어 있었다. 전화벨이 울렸다. 프랑크가 수화기를 들더니 구석으로 들고 가서 무릎 위에 올려놓고 앉았다. 다이얼을 돌리게 되어있는 구식 유선 전화기였다. 프랑스에서도 그런 전화기를 본 적은 있다. 하지만 그것은 오렌지색이나 금색으로 새롭게 디자인한 세련된 것들이었다.

프랑크가 영어로 중얼거리고 있는 동안 나는 벽을 살펴보기 시작했다. 어쩌면 거기서 엄마를 발견할 수도 있겠다 싶어서였다. 사진들마다 등장하는 똑같은 여인이 눈에 들어왔다. 어떤 사진에선 어깨에 독수리 같은 걸 얹고 있는 소년 옆에서 미소를 짓고 있기도 했다.

프랑크는 수화기를 거칠게 내려놓고는 내게로 와서는 사진 속의 여자 얼굴을 손가락으로 짚으며 말했다.

"우리 회관 관장인 바카르야."

선머슴처럼 짧게 자른 머리카락에, 드세 보이는 눈길이 열정으로 빛나고 있었다. 그녀야말로 이런 일에 완벽하게 어울린다는 느낌이 들었다.

"그럼 저 남자아이는 누구예요?"

"몇 해 전에 베르쿠치* 집에 맡긴 아이야. 이곳에선 독수리 사냥꾼을 베르쿠치라고 불러. 어깨 위에 있는 건 그 애의 첫 번째 독수리야. 남자아이들은 열세 살이 되면 독수리를 가질 수 있어. 자기가 원하고 또 소질이 있으면, 새끼를 잡아서 길들이기 시작하는 거지. 여우 사냥을 하려면 카나리아보다는 독수리가 더 효과적이지 않겠어?"

---

* 베르쿠치는 태어난 지 며칠 안 되는 새끼 독수리를 잡아 사람과 독수리가 하나가 될 때까지 훈련을 시킨다. 독수리는 여우, 마르모트, 늑대 같은 먹잇감을 공격할 때 눈을 찌른다. 사냥꾼에게 중요한 털에 손상을 입히지 않기 위해서이다. 6년 동안 사냥을 시킨 뒤엔 자유롭게 살도록 놓아 준다. 베르쿠치와 독수리와의 일체감이 강해서, 풀어 준 뒤에도 이따금 예전에 살던 게르로 날아오기도 한다.

프랑크는 이를 드러내며 웃었다. 나도 예의 바르게 미소를 지어 주었다.

"바카르는 언제 돌아와요?"

순간, 프랑크의 얼굴이 살짝 떨렸다. 아주 잠깐이었지만 알아차리기엔 충분했다.

내 생각에 그는 내심으로는 바카르의 부재를 즐기고 있는 것 같았다. 혹시 바카르라는 여자가 고약한 사람인가? 아니면 프랑크가 멋도 모르고 바카르에게 치근덕거리다가 큰 망신을 당한 건 아닐까. 바카르가 몽골 씨름 기술로 점잖게 제압했을라나.

"별일 없으면 일주일 뒤에 오겠지."

그는 책상 뒤로 가더니 두터운 서류 뭉치를 두 손으로 탁탁 쳤다.

"그때까지 할 일이 적지 않아. 너도 알게 되겠지만, 우리 일과는 아주 체계적으로 짜여 있어. 조직이야말로 성공의 열쇠거든. 너는 사이먼과 오얀자를 도와야 할 거야. 두 사람이 설명해 주겠지. 복잡할 건 없어."

나는 머리를 끄덕였다. 프랑크가 다시 몸을 일으켰다. 두 팔을 교차시켜 가슴 위에 모으고 다리를 벌린 자세가, 마치 특공대 작전을 앞두고 준비 태세를 갖춘 군인 같았다.

"오늘 저녁엔 시내로 드라이브나 가자."

프랑크는 나를 발끝에서 머리끝까지 훑어보았다. 뚱뚱한 몸매를 보면서 내가 자기와 보조를 맞출 수 있겠는지 가늠해 보는 건 아닐까. 아무튼 분위기 좋은 카페 테라스에서 파티가 열릴 계획은 없을 것 같았다.

내 예감은 틀리지 않았다.

# 9

회관을 떠난 지 5분도 지나지 않아, 내 앞에 타고 있던 프랑크와 사이먼은 그날 밤의 순찰 노선을 결정지었다. 내가 이해하기로는 도시를 가로질러 순찰하면서 혼자 돌아다니는 아이들을 찾아내 하룻밤이라도 도움을 주는 게 목적이었다. 나도 이 '거리의 아이들' 문제는 알고 있었다. 엄마가 이미 설명해 준 덕분이었다. 나는 완벽하게 정리된 기사들과 자료들을 읽는 고역을 치러야 했다. 그러나 내 상상력의 프리즘이 아니라 현실을 통해서 직접 마주친다고 생각하니 걱정이 앞섰다. 내 마음에 동요가 일어나는 건 정말이지 피하고 싶었다.

프랑크는 며칠 전에 시작한 빈민촌 동쪽 구역 순찰을 계속하고 싶은 기색이 역력했다. 그 구역에 임신한 여자아이 하나가 있다는 제보가 있었다. 그래서 그 아이를 만나 얘기를 들어 보고 상황에 적합한 거처를 찾아주고 싶었던 것이다.

그러나 사이먼은 다른 작업을 먼저 하고 싶어 했다.

"프랑크, 토요일 밤이야. 수호바타르 광장에는 관광객들이 바글거려. 소매치기도 많다는 뜻이지. 경찰이 끼어들기 전에 우리가 선수를 치는 게 더 나을 것 같은데, 안 그래?"

나도 처음엔 두 사람의 대화 내용을 따라가 보려 했지만, 부르릉거리는 엔진 소리와 말소리가 뒤섞이는 바람에 포기할 수밖에 없었다. 시차에다가 심리적 긴장까지 겹쳐 극도로 지친 상태라, 야간 순찰에 대한 불안감에도 불구하고 정신을 차릴 수가 없었다. 조금 전인 늦은 오후까지도 나는 힘든 시간을 보내야 했다. 아이들을 씻겨야 한다는 게 영 부담스러웠다. 오얀자처럼 해 보려고 애를 써 봤지만, 말이 안 통하는 데다 경험도 없으니 줄곧 서툴고 굼떴다. 나의 시도는 결국 다 실패로 끝났다. 아이들이 옷 벗는 걸 도와주려 했지만, 아무도 받아들이려 하지 않았다. 묵숚은 예외였다. 그 작고 여윈 남자아이는 허약한 팔다리가 온통 불그스레한 멍 자국과 오래 된 상처들로 덮여 있었다. 잘해 주고 싶은 마음이 굴뚝같았지만, 그 아이에게 비누칠을 해 주는 내내 내 몸은 나뭇잎처럼 떨렸다. 묵숚은 작은 인형처럼 내게 몸을 맡기고 있었다. 나는 처음엔 아이가 가만있는 걸 고마워했지만, 마침내 그 무관심이 더 무섭다는 걸 깨달았다. 나는 미소를 지어 주려 했지만, 아이는 머리를 돌리고 있었다.

반쯤 감은 눈앞으로 도시의 화려한 조명들이 줄지어 지나갔다. 트럭은 계속 달리고 있었고, 차에서 내려야 할 운명의 순간도 점점 다가오고 있었다. 도대체 무얼 보게 될까? 나는 께름한 영상들이 자꾸만 떠오르는 걸 억지로 눌렀다.

단조로운 엔진 소음 속에 갇힌 채 몇 분이 더 지나갔다. 온갖 상념들이 머릿속에서 부딪치면서 잠들 순간이 가까워지는 걸 예고하고 있었다. 장난감 목걸이에 끼워진 진주알들처럼 통일성 없는 잡념들이 뒤죽박죽 뒤섞여 있다는 걸 확인할 즈음, 나는 요란한 경적 소리에 눈을 떴다.

나는 다시 자세를 똑바로 하고 앉았다. 사이먼이 목 졸린 개구리 울음소리 같은 괴성을 내자, 프랑크가 팔꿈치로 입을 막았다.

"야, 사이먼, 시내에 처음 와 보냐! 어째 넌 영국 사람이 그렇게도 기품이 없냐."

프랑크는 잠시 점잖은 태도를 취하는 시늉을 하더니 새끼손가락을 위로 쳐들며 웃음을 터뜨렸다. 그 옆에서 사이먼은 트럭 손잡이를 붙들고 겁에 질린 여우원숭이처럼 눈을 떴다.

"멍청한 친구가 운전은 미친놈처럼 한다니까."

프랑크가 다시 웃기 시작하자, 사이먼도 따라서 웃었다. 나는 아무 소리도 내지 않고 그들을 지켜보고만 있었다.

창밖에선 울란바토르가 네온 빛으로 휘황찬란하게 불타오르고 있었다. 사이먼이 조금 전에 얘기했던 그 번화가에 다다른 게 분명했다. 교통량이 많아지면서 차가 움직이는 속도는 더 느려졌다. 인도 위에 서 있는 한 여자아이와 눈이 마주치자, 문득 묵숙 생각이 났다. 아이는 여덟 살쯤으로 보였는데, 눈빛은 오십 정도 된 여자 같았다.

"묵숙이란 아이는 회관에서 산 지 오래됐나요? 왜 왔어요?"

나는 자연스레 사이먼에게 말을 걸었지만, 백미러를 통해 머리를 끄덕인 건 프랑크였다.

"뻔한 이야기야. 아빠는 죽었고 엄마는 재혼을 했는데, 새아버지가 만날 술을 마시고 식구들을 때리지. 다른 아이들처럼 묵숙도 빈 병을 주워 팔아서 집에 돈을 갖다 줘. 충분히 벌지 못한 날에는 마구 때려서 밖으로 내쫓는 거야."

"그럼 그 아이는 계속 회관에 머무는 건가요?"

당연히 그래야 할 것 같았다.

사이먼이 내게 몸을 돌리며 큰 소리로 한숨을 내쉬면서 대답했다.

"자리만 있다면!"

그러자 프랑크가 전문가 같은 표정으로 설명을 시작했다. 그는 자신의 거들먹거리는 표정이 멋지다고 생각하는 것 같았다.

"이 나라에선 가족 상황이 어떻든 간에 부모의 뜻을 확인하기 전엔 아이를 받을 수가 없어. 게다가 새아버지가 호시탐탐 묵숲을 데려가려고 노리고 있어. 왜냐하면 그 아이가 돈을 벌어다 주거든. 우리는 그 아이를 치료해 주고 이따금씩 먹을 걸 주는 것 말고는 달리 할 수 있는 게 없어."

기가 막혔다. 이건 부잣집의 시골 별장에서 아이들 눈물을 짜내기 위해 들려주는 동화가 아니라 실화였다.

이곳엔 아이들을 위한 판사는 없나? 묵숲의 멍 자국을 살펴보고 의붓아버지를 감옥으로 보내야 하는데. 나의 귀국 날짜를 앞당길 수는 없을까? 마음의 평화를 깨뜨릴 기억들이 너무 많이 생기기 전에 집으로 돌아가면 안 될까?

이런 생각들이 사이먼의 목소리 때문에 끊겼다. 사이먼이 손가락으로 창밖을 가리키며 소리쳤다.

"여기 서! 식당 앞에!"

프랑크가 어찌나 급히 브레이크를 밟았던지 야크라도 한 마리 튀어 나온 줄 알았다. 우리 뒤를 따라오는 자동차가 있었다면, 뒤차에 받혀 내 등도 찌그러졌을 것이다. 그럼 나는 몽골을 탈출해서 파리로 돌아갈 수 있겠지.

코카콜라에서 제공했을 것 같은 차양이 쳐진 스낵코너가 눈에 들어왔다. 어설프게 꾸며 놓은 테라스에는, 투명 비닐이 덮인 테이블

너댓 개가 주차 구역까지 침범하고 있었다. 기름진 음식 냄새가 코를 찔렀다. 위생과는 거리가 멀어 돈을 주며 먹어 달라고 사정해도 싫을 그런 곳이었다.

하지만 다음 순간, 나는 보았다. 관광객 커플이 저녁을 먹고 있는 테이블 아래에 웅크리고 있는 한 남자아이를. 열 살쯤 된 아이였는데, 감자튀김을 씹을 겨를도 없이 입에 쑤셔 넣고 있었다.

두 개의 세계가 경계를 이루고 있었다. 플라스틱 테이블의 위쪽에선 일본인처럼 보이는 여자와 여자의 남편이 입맛이 없는 듯 햄버거를 억지로 씹고 있었다. 여자 앞에는 포크와 코카콜라 잔만 남아 있었다. 자기 접시를 테이블 아래에 있는 아이에게 준 게 분명했다.

프랑크는 곧바로 길가에 차를 세우더니 시동을 껐다.

"사이먼, 차를 지키고 있어. 아멜리아, 나랑 같이 가자."

나는 너무 숨이 차고 뭐라 대답할 수도 없을 만큼 놀라서, 자칫하면 길 위에 넘어질 지경이었다. 어쨌든 나는 프랑크를 좇아갔다.

프랑크가 일본인처럼 보이는 부부에게 다가갔다. 그가 군인처럼 성큼성큼 다가오는 걸 보고 여자는 겁이 난 듯 의자 깊숙이 물러나며 고개를 저었다. '아니에요, 아니에요' 하는 표현 같았다. 일본에선 굶주린 아이들을 먹일 권리도 없나. 프랑크는 손짓으로 그들을 안심시키고 나서, 아이에게 말을 걸려고 웅크리고 앉았다. 불쌍한 아이는 눈동자만 불안하게 돌리고 있었다. 그 아이 역시 겁에 질린 것이었다. 무엇보다도 끝까지 먹지 못하게 할까 봐 불안해하는 것 같았다.

프랑크가 털북숭이 손을 아이에게 내밀었다. 프랑크의 손목에서 은색 시곗줄이 가볍게 흔들렸다. 그가 아이를 설득하기 위해 무슨 얘기를 했는지는 모르겠다. 아무튼 아이는 먹다 남은 튀김을 꼬질꼬질한 바지 주머니에 쑤셔 넣으며 테이블 밑에서 나왔다.

남자가 얼굴을 찌푸렸고, 부인은 뭔가 대응을 하라고 부추기는 듯 남편의 팔을 꼭 잡았다. 우리를 아동 보호소 같은 곳에서 거리의 아이들을 잡으러 나온 사람들로 여긴 것 같았다. 나는 얼떨결에 끼어들어 영어로 설명을 했다.

비로소 마음을 놓는 표정이 여자의 얼굴에 흘렀다. 여자의 남편도 내게 고맙다는 눈길을 보냈다. 우리 덕분에 그들은 인상적인 추억을 간직하게 된 것이다. 그들은 자기 나라로 돌아가면 친구들에게 얘기할 것이다. 훌륭한 봉사자들이 불쌍한 아이를 어떻게 가난의 수렁에서 구해 냈는지를. 그 아이는 지금쯤 양부모의 집에서 자전거를 타며 놀고 있을 거라고, 보험 회사 광고에서처럼 생글거리면서 들려줄 것이다. 정말로 그렇게 되길 나는 마음속으로 빌었다.

우리는 아이를 트럭에 태워 데려왔다. 나는 프랑크에게 반감을 갖고 있었지만, 이젠 알게 되었다. 그는 이런 일에 어울릴 뿐만 아니라, 일을 제대로 할 줄 아는 사람이었던 것이다. 나는 지금도 궁금하다.

프랑크가 도대체 어떻게 했길래 아이가 그렇게 쉽게 따라온 걸까. 아이는 트럭에 올라타 내 옆에 앉았다. 역한 냄새가 났다.

프랑크가 다시 핸들을 잡았다. 사이먼이 아이에게 고개를 돌리며 싱긋 웃어 주었다. 나를 향한 게 아니었지만 그 미소는 내 마음까지 푸근하게 해 주었다. 사이먼이 프랑크에게 말했다.

"한 번도 본 적이 없는 애야. 이상하네. 왜 혼자지?"

프랑크가 아이와 몽골어로 얘기를 나누었다. 아이는 가느다란 목소리로 대답했다. 목소리가 예뻤다. 어쩌면 전생에 그 아이는 합창단에서 칼다라나 카리시미*의 곡을 노래했을지도 모른다.

"폐건물에서 다른 아이들 네 명이랑 함께 살고 있대. 울란바토르에 온 건 얼마 안 된대. 준모드에서 왔다는군."

프랑크가 통역해주었다. 하지만 다른 질문을 던지자 아이는 고개를 저었다.

"얘도 임신한 여자애는 못 봤대. 하지만 얘랑 같이 있는 애들은 알지도 모르지. 자, 가자. 서쪽 구역이라는군."

프랑크는 한 손으로 운전을 하면서 다른 손으로는 지도를 들여다보았다. 나는 너무 화가 나서 숨이 막힐 것만 같았다. 길 자체도 위험한데, 대범한 척하려고 일부러 저러는 게 아닐까?

---

* *Antonio Caldara (1670~1736), Giacomo Carissimi (1605~1674)* : 이탈리아의 작곡가.

"조심해!"

사이먼이 소리쳤다. 프랑크가 고개를 번쩍 들더니 반대쪽에서 오는 차를 피하기 위해 핸들을 꺾었다. 나는 간신히 고양이 발톱을 피한 생쥐처럼 비명을 질렀다. 그래도 프랑크는 전혀 개의치 않고 계속 앞으로 나아갔다.

"얘가 살고 있는 건물은 여기서 가깝대. 같이 지내는 애들 찾는 게 어렵진 않을 거야. 보통은 지하에서 사는 경우가 많아. 러시아 사람들이 건물에 난방을 하느라고 파 놓은 굴 말이야. 어둡고, 냄새 나고, 쥐가 들끓고, 온갖 쓰레기로 덮여 있지만 얼어 죽지 않고 겨울을 날 수는 있지. 여긴 겨울엔 영하 40도까지 내려가거든. 그런 곳은 좁아서 접근하기가 힘들어. 폐쇄공포증이 있다면 못 들어가고."

프랑크의 태평함은 기가 막힐 정도였다. 그는 이런 설명을 아무렇지도 않게 했다. 듣는 내가 오히려 당혹스러울 정도였다. 마치 70대 노인 관광객들에게 관광지를 설명하는 여행사 직원처럼 침착했다.

우리는 조금 더 달렸다. 그동안 프랑크는 아이와 대화를 했고, 사이먼은 차창 밖을 관찰하고 있었다.

우리가 달리고 있는 비포장 도로 양쪽으로 게르들이 늘어서 있었고, 낡은 가로등들은 시원찮은 빛으로 길을 밝히느라 안간힘을 쓰고 있었다. 프랑크가 헤드라이트를 끄고 허름한 잿빛 아파트 건물 앞에 차를 세웠다. 구소련 시대에 지어진 흉물스런 건물의 전형이었다.

어떤 창문에는 녹슨 철판으로 된 덧창들이 달려 있어, 누구든 그 아래를 지나가다 재수 없으면 머리가 깨질 수도 있을 것 같았다.

프랑크가 질문을 던졌고, 아이는 고개를 끄덕였다. 바로 이곳이었다. 프랑크가 트럭의 시동을 껐다.

앞 유리창 밖으로 회색 그림자들을 살피고 있노라니, 얼마 전에 교실에서 내가 울란바토르로 봉사를 하러 간다고 선언하던 순간이 떠올랐다. 그때 느꼈던 뿌듯함도 기억났다. 다른 아이들의 시선 속에 비친 내 모습은 행복했다. 하지만 독한 냄새를 풍기는 이 아이 곁에 앉아 있는 지금 나는 부끄러웠다. 관광객 티가 물씬 나는 신발을 신고 여기 앉아 있으면 안 될 것 같았다. 아이가 말을 할 때마다 입에서 기름 냄새가 역하게 났다. 다른 상황이었다면 나는 혐오감이 깃든 눈길을 아이의 얼굴에 보내며 불쾌한 말을 내뱉었을지도 모른다. 그러나 거부감 같은 것은 조금도 느껴지지 않았다. 중요한 것은 더러움이 아니었다. 중요한 것은 다른 데 있었다. 이 아이는 무슨 생각을 하고 있을까? 이 아이에게 삶이란 도대체 무엇일까?

프랑크의 목소리가 정적을 깼다.

"아멜리아, 샌드위치 상자 가져왔지?"

나는 고개를 끄덕였다.

"네, 여기 있어요."

"오케이, 됐어. 내리자."

백미러에 비친 모습으로도 프랑크가 잠시 머뭇거리고 있는 게 느껴졌다. 하지만 프랑크는 몸을 돌리며 군인처럼 단호한 눈빛으로 나를 똑바로 쳐다보았다.

"겁먹을 거 없어. 네 명 뿐이야. 제일 큰 애도 여덟 살밖에 안 됐고."

나는 샌드위치 상자를 집어 들면서 이것으로 아이들을 유혹하리라 마음먹었다. 그러자 또다시 죽고 싶을 만큼 부끄러워졌다. 하지만 무엇 때문인지, 누구 때문에 그런 것인지는 알 수가 없었다.

# 10

샌드위치 나들이. 프랑크가 우아하게 이름 붙인 그 일은 저녁마다 계속되었다. 우리는 임신한 여자아이의 흔적을 여전히 찾지 못하고 있었다. 프랑크는 여기저기서 주워들은 정보들을 분석하여, 그 애가 이미 임신 7, 8개월은 되었으리라 추측하고 있었다. 그만큼 시간이 급했다.

"출산 전에 찾지 못하면 아기도 힘들 텐데."

프랑크는 그답지 않게 온정이 깃든 말투로 말했다.

사이먼은 아무 말 없이 내가 건네는 접시를 받으며 나를 힐끗 보았다. 그의 눈길에선 무력감과 체념이 부딪히고 있었다.

꼭 그들을 따라나서야 할 의무는 없었다. 나는 아이들 잠자리를 준비하고 옷을 챙기거나 오얀자를 도와 아이들을 돌보면서 그들을 기다려도 되었다. 그러나 나는 거절한 적이 없었다. 희한한 일이었다. 트럭을 올라타는 순간마다 막연한 불안감에 숨이 막힐 것 같았는데도 말이다.

아이들을 대여섯 명씩 회관으로 데려왔는데, 더 많을 때도 또 더 적을 때도 있었다. 더 이상 받아들일 공간이 없을 땐 그냥 음식을 주는 걸로 만족해야 했다. 아이들에게 샌드위치를 먹으라고 나눠 주고 트럭에 올라타던 첫날, 나는 울음을 터뜨리고 말았다. 아무리 다른 생각을 하려 애를 써도 소용없었다. 어쩔 도리가 없었다. 열 살 때쯤 엄마를 따라 무료 급식소에 가 본 적이 있긴 했다. 엄마는 그걸 교육적인 경험이라고 생각했을 것이다. 그러나 나는 이가 다 망가진 노인이 얼굴을 험악하게 찡그리며 나를 쳐다보는 바람에 겁에 질렸던 기억만 남아 있다. 그땐 내 생각만 했지, 너덜너덜한 삶을 살고 있는 노인들이 불쌍하다는 생각은 전혀 하지 못했다.

그러나 지금은 달랐다. 나는 화가 났고, 슬펐고, 무력감을 느꼈고, 맥이 빠졌다.

아이들을 데려올 수 없는 사정이면, 프랑크는 어쩔 수 없이 아이들에게 회관의 위치만 알려주었다. 낮 시간에 몸을 씻으러 와도 되고, 신발이나 깨끗한 옷을 얻으러 와도 된다고 여러 차례 되풀이해 말해 주었다. 나는 기운이 빠지면서도, 한편으로는 참을 수 없을 만큼 격앙되기도 했다. 나는 세상 전체에 대고 외치고 싶었다. 내가 아는 모든 사람에게 메일을 보내, 다섯 살짜리 어린애들이 굴속에서 자고 있다고 말해 주고 싶었다. 무이자 5개월 할부로 산 소파에 누워 있는 당신네들은 이기주의자라고 소리치고 싶었다. 그래 봤자 그들은 세상을 뒤엎으려는 광신자를 보듯 짜증과 연민이 뒤섞인 감정으로 나를 바라볼 것이다. 그러면서 이렇게 말할 것이다. 불행한 아이들이 있다는 건 우리도 알아. 하지만 우리도 문제가 많거든. 그리고 도대체 우리가 할 수 있는 일이 무엇이 있겠어.

아니, 해야 할 일은 분명히 있었다. 낮 동안에는 생각하고 자시고 할 시간이 거의 없을 정도로 바빴다. 나는 불과 며칠 만에 내가 어떻게 하다 이곳에 오게 되었는지도 까맣게 잊고 말았다. 파리에서의 내 삶이란, 보잘것없는 내 몸에 대한 관심 정도에 머무르는 것이었다는 사실도 잊고 있었다. 나는 중산층 가정의 아이들이 다니는 고등학교에 다니고 있었고, 그곳에선 비밀이라고 해 봤자 누구누구는 아무한테나 다 껄떡대는 녀석이라는 식의 하찮은 정보에 지나지 않았다. 도대체 파리에서는 서로 엇비슷한 편견을 갖고 사는 것 말고는 할 수 있는 게 없었다. 이를테면, 인생이란 엄마가 우리를 낳을 때 진통을 어디서 겪었느냐에 따라 결정된다는 것이었다. 캘리포니아의 산부인과에서 최첨단 의료 장비의 도움으로 태어나느냐, 아니면 사막 한가운데 모래 바닥에서 거적때기로 바람만 막은 채로 태어나느냐. 이 극단적 차이에 관해선 체념하거나 무관심해지면 된다. 모든 건 우연의 문제이다. 우리가 그들일 수도 있고, 그들이 우리일 수도 있다. 뭐 이런 생각들이지만, 이젠 이런 것에 넌더리가 났다.

아무튼 울란바토르에선 어설픈 철학 나부랭이에 빠져들 겨를조차 없었다. 물을 아끼기 위해 여러 아이를 동시에 씻겨야 했고, 먹을 게 골고루 돌아가는지 신경 쓰면서 나눠야 했고, 옷을 빨고, 심하지 않은 상처를 치료하고, 많이 아픈 아이는 보건소에 데려가야 했다. 옴을 앓는 아이도 하나 있었다. 나는 그런 병은 강아지나 걸리는 건 줄 알았다.

나는 주는 대로 먹었다. 양고기, 양고기, 또 양고기에다 소금을 넣은 밀크티와 신맛이 조금 나는 치즈가 다였다. 하지만 나는 맛에는 그다지 신경을 쓰지 않았다. 정말 오랜만에 처음으로 배를 채워야 한다는 긴박한 필요를 느끼지 못했다. 밤에 침대에 누워서도 기운이 좀 남아 있으면, 크로키 수첩을 꺼내 그림을 그리곤 했다. 그러나 그것은 과자의 유혹을 떨치기 위한 게 아니었다. 가방 안에 넣어 둔 과자가 다 없어지는 데는 꽤 오랜 시간이 걸렸다. 그나마도 내가 먹은 게 아니었다.

이제 남은 과자 봉지는 하나뿐이었다. 나머지는 아이들에게 다 나눠 주고 없었다. 대부분의 아이들은 초콜릿이 뭔지도 몰랐다.

나는 기본적인 활동을 하면서도 틈틈이 아이들과 재미있게 놀아 주려고 애썼다. 물구나무 자세를 완벽하게 습득해서 열 명 남짓한 아이들 앞에서 보여 주었다. 내가 얼마나 뚱뚱한가를 생각하면 이건 정말 보통 일이 아니었다.

묵숙은 여전히 입을 다물고 내 동작을 곁눈질로만 보고 있었다. 그러나 다른 아이들이 모두 마당으로 나가자 내 앞으로 오더니, 놀랍게도 물구나무로 걷기 시작했다. 나는 조심스레 박수를 쳐 주었다. 괜히 호들갑을 떨었다가는 녀석이 도망쳐 버릴 것 같아서였다. 묵숙은 처음으로 내 눈을 똑바로 쳐다보았다. 짧은 순간이었지만, 나는 거기서 빛나는 미소를 보았다.

묵숙을 알게 되고 겨우 며칠밖에 안 지났지만, 나는 벌써 새아버지가 그 아이를 찾으러 올까 봐 겁을 내고 있었다.

# 11

둘째 주로 접어들고 며칠이 지났을 때, 프랑크가 함께 어디를 가자고 했다. 아이 하나를 집에 데려다 주어야 한다는 것이었다. 난딘은 조용한 여자아이였는데, 머리를 빡빡 깎은 걸 보면 얼마 전까지 머리에 이가 있었던 게 분명했다. 난딘은 수시로 회관에 들락거리는 아이였는데, 부모도 그걸 잘 알고 있었다. 가는 길에 프랑크에게 물어보았다.

"아이를 안 데려가면 어떻게 돼요? 회관에 자꾸 온다는 건 어쨌든 집이 편하지 않다는 거잖아요."

"가족이 소송을 걸면 정부에서 회관을 닫아 버릴 수도 있어."

프랑크는 말을 멈추고는 핸들을 툭툭 치더니 다시 말을 이었다.

"오래전에 니키타가 막 회관을 세웠을 때 일이야. 나는 그때 없었지만, 나중에 사람들이 하는 얘길 들었어. 그 사건은 모르는 사람이 없거든. 니키타가 나란체첵이라는 아이를 받아주었어. 그 애의 아버지는 인간 이하의 나쁜 놈이었대. 자세한 얘긴 못 하겠지만, 온갖 나쁜 짓을 다 하는 악질이었다나 봐. 아이가 회관에 올 때마다 엄마가 아이를 찾으러 왔다지. 그 사람들은 빈민촌에 사는 이주민이 아니었어. 직업도 있었고, 필요한 걸 다 가진 중산층의 가정이었지. 그렇게 몇 달이 지났는데 상황은 더 악화되었어. 아이의 아버지는 니키타를 온갖 구실로 협박했어. 니키타도 더 이상은 참을 수가 없었어. 니키타는 몽골 서쪽 국경에 있는 바양 올기 지역에서 카자흐 유목민들과 함께 사냥을 하곤 했는데, 거기서 그 아이를 키워 주겠다는 집을 구했어. 니키타는 나란체첵을 데리고 거기로 갔어. 지금 나란체첵은 스물다섯 살이고, 바양 올기에 살고 있어. 거기서 카자흐의 베르쿠치와 결혼했지. 독수리 사냥꾼 말이야. 이제 나란체첵은 다른 아이들을 자기 집에 받아주고 있어."

"그런데 왜 회관이 문을 닫을 뻔했다는 거예요?"

"니키타가 나란체첵을 납치했다고 아버지가 고소를 했거든. 그 아버지라는 사람은 공무원이었어. 니키타는 불안해했지. 하지만 오래 가진 않았어. 사흘 뒤, 그 아버지가 건물 주차장 구석에서 살해된 채로 발견되었거든. 그래서 소송도 끝이 났어."

"니키타가 죽인 거예요?"

오싹했다. 이거야말로 경비 아줌마가 즐겨 읽던 잡지 〈새로운 탐정〉에 나올 만한 사건이 아닌가.

"아니, 니키타가 아니야. 나란체첵의 엄마가 부엌칼로 찔러 죽였대. 그 여자는 정당방위라고 주장했어. 회관의 누구한테 물어도 그 얘기를 술술 해 줄 거야. 우리 회관의 건립 신화 같은 거니까. 그 사건이 있고 나서 회관은 아이들 입양을 주 업무로 삼게 되었지. 니키타는 유목민 위탁 가정을 구하러 다녔어. 아이들은 새로운 양부모를 만나면서 살아가는 법을 다시 배울 수 있게 되었지."

"왜 유목민들이에요? 왜 서양 가정에 입양을 안 시키죠?"

프랑크가 내 얼굴을 빤히 쳐다보더니 대답했다.

"다들 생각하는 게 똑같다니까. 네가 보기엔 파리에서의 삶이 만병통치약 같니?"

그의 질문에 주먹으로 한 대 얻어맞은 것 같았다. 내가 바보처럼 느껴졌다. 나는 아무 것도 이해하지 못하고 있었던 것이다.

프랑크가 말을 이었다.

"이 아이들이 뿌리 뽑히는 일은 절대 있어선 안 돼."

갑자기 오른쪽에서 화물차 한 대가 튀어나왔다. 프랑크가 급히 브레이크를 잡으며 차를 멈추었다. 그랬다가 다시 출발하면서 내게 얼굴을 돌렸다. 뒤로 넘긴 머리카락 아래로 드러난 각진 얼굴의 어느 근육 하나도 움직이지 않았다.

"유목민들의 삶은 거칠어. 초원의 자연은 가혹하거든. 그야말로 예측을 불허하지. 그래서 니키타는 생각했대. 겨울엔 영하 40도까지 내려가는 곳에서 가축들을 기르려면 자신에 대해서건, 자신을 괴롭히는 것에 대해서건 생각할 겨를조차 없을 거라고. 겨울은 저항력을 시험하면서 사람들을 극한 상황으로 밀어 넣거든. 억지로라도 먹이지 않으면 가축들이 탈진 상태가 되어 죽어 버려. 하지만 건초가 바닥을 보이면, 그땐 또 어떤 녀석을 희생시켜야 할지 선택해야 하고."

마침내 트럭이 흰 펠트 천으로 지은 작은 게르 앞에 멈추어 섰다. 그제야 나는, 거기까지 오는 동안 밖을 한 번도 내다보지 않았다는 것을 깨달았다. 프랑크가 시동을 껐다.

"난딘의 경우는 좀 달라. 자, 가자."

프랑크가 뛰어내리더니 아이를 내려 주었다. 그러고는 자동차 뒤로 돌아가 커다란 상자 하나를 꺼내 들고 게르로 향했다. 걸음걸이가 단호하고 등은 곧았다. 나는 난딘의 손을 잡았다. 부드럽고 따뜻했다.

프랑크가 상자를 안은 채로 소리를 질렀다.

"노코이 코르!*"

한 여자가 열린 문틈으로 얼굴을 내밀었다. 커다란 장밋빛 꽃무늬가 있는 머플러가 툭 튀어나온 광대뼈를 감싸고 있었다. 여자는 허리춤에 아이를 안은 채로 프랑크와 상자를 물끄러미 보았다. 그리고 딸의 이름을 불렀다. 난딘이 내 손을 놓고 엄마에게로 뛰어갔다. 엄마는 아이와 아기를 함께 안아 주었다.

나는 문턱을 밟지 않도록 조심하며 게르 안으로 들어갔다. 그건 여행 안내서에서 강조하는 몽골의 기본적인 금기 사항이었다.

나는 한 번도 게르 안에 들어가 본 적이 없었다. 사진이나 인터넷에서 보았던 이미지와 실제 모습은 달랐다. 아무튼 지금 이 게르와는 달랐다. 난딘의 집엔 거의 아무것도 없었다. 중앙 기둥에 붙어 있는 난로, 식탁 역할을 하는 나무 상자, 그리고 몇 가지 주방용품과 울긋불긋한 천들뿐이었다. 그 천들은 담요와 옷 같았다. 오른편에서 라디오 소리가 흘러나왔고, 다져진 흙 바닥에는 매트를 깔고 커다란 통을 올려놓은 게, 어설프게나마 아기 요람을 만들어 놓은 것 같았다. 출입구 반대편에는 기도를 하고 조상에게 제사도 지내는 제단이 차려져 있었다.

난딘의 엄마가 아기를 내려놓자, 아기가 바로 울기 시작했다. 그러자 엄마는 넓은 끈을 아기의 배에 두르고 끈의 반대편 끝은 가운데 기둥에다 매어 놓았다. 그러고 나서 찌그러진 주전자를 가져다

---

* 원래 뜻은 '개를 붙들고 있으라.'라는 뜻이다. 이 표현은 보통 게르에 다가갈 때와, 게르 안으로 들어가고자 할 때 쓰인다.

데우기 시작하자, 아기는 엄마 쪽으로 팔을 뻗으며 소리를 질러 댔다.

고개를 돌려 프랑크를 바라보았지만, 그는 조금도 놀란 기색이 아니었다. 나는 묻지 않을 수 없었다.

"아기가 묶여 있는데……."

그는 방금 입에 넣은 껌을 씹으면서 쳐다보고만 있었다.

"여기선 다 그래. 아이들도 적응이 되어 있어. 내가 아기였을 땐 엄마가 나무로 틀을 짠 요람 안에 가둬 놓았는데, 그보다는 낫잖아. 안 그래?"

그리고 마치 내가 자기 말투와 행동에 맞장구라도 친 것처럼 웃기 시작했다. 이런 식의 억지스러운 호탕함은 정말 짜증스러웠다. 나는 그가 왜 늘 그런 식으로 튀는 행동을 하고 허풍을 떠는지 묻고 싶어졌다.

여인은 아무 말 없이 전통차를 대접했다. 회관에서 마시던 차와 같은 것이었다. 다른 점은 우유가 들어 있지 않다는 것뿐이었다.

프랑크가 상자를 내밀었다. 여인은 침착한 동작으로 상자를 열었다. 그 안에 무엇이 담겨 있는지는 알 수가 없었다.

상자를 다시 닫고 나서 두 사람은 얘기를 시작했다. 나는 한 마디도 알아들을 수가 없었다. 나 자신이 쓸모없는 사람처럼 느껴졌다. 프랑크가 통역은커녕 마치 내가 없는 사람처럼 구는 게 원망스러웠다. 나는 잠시 우두커니 있다가 아기와 놀고 있는 난딘에게로 다가갔다. 아기들이 옹알거리는 건 자기가 미래에 사용할 언어로 목욕을 하는 거라고 어느 책에선가 읽은 게 기억났다. 몽골 아기의 옹알거림을 들으니 무척 신기했다.

10분 내지 20분가량 흘렀을까. 마침내 프랑크가 일어섰고, 난딘의 엄마도 미소를 지으며 일어섰다. 이제 떠날 시간이 되었다는 걸 눈치로 알 수 있었다. 난딘과 아기를 두고 오려니, 그들에게 무슨 일이 일어날지 궁금했다. 난딘의 엄마는 따뜻하고 상냥해 보였지만, 나는 목에 커다란 덩어리가 걸려 있는 것처럼 갑갑했다. 난딘이 주기적으로 회관에 오는 건 분명히 무슨 문제가 있어서일 텐데.

프랑크와 나는 트럭으로 돌아왔다. 가까이서 개 두 마리가 어슬렁거리고 있었는데, 동물 콘테스트에 나가면 최악의 잡종견으로 뽑힐 것 같았다. 프랑크는 긴장이 풀린 듯 편안해 보였다. 나는 설명을 기다렸지만 듣지 못했다.

아무 설명도 안 해 줄 거면서 왜 나를 데리고 왔을까? 환자한테 아무 설명도 않고 자기 혼자서만 알고 있는 의사 같잖아.

"무슨 일이에요? 난딘 엄마가 왜 그렇게 고마워하는 거예요?"

프랑크는 내 질문을 기다리고 있기라도 했다는 듯이 순순히 대답해 주었다.

"난딘의 부모는 유목민이었어. 2010년 겨울에 혹한으로 양을 다 잃고 아이도 하나 잃었지. 아마 아들이었을걸. 그 뒤 이곳으로 왔지만, 난딘의 아버지는 일자리를 찾지 못하고 술을 마시기 시작했어. 설상가상으로 정부에서 새로운 정책을 발표했지. 이민자들은 빈민촌에서 가축을 기를 수 없다고 한 거야. 위생 문제 때문이었지. 난딘이 회관에 오는 건 먹을 걸 얻기 위해서야."

"맞지는 않았어요?"

프랑크가 얼굴을 찌푸리며 거만하게 말했다.

"회관에 오는 아이들이 다 두들겨 맞는 건 아니야. 바카르가 난딘 아버지에게 일자리를 구해 줬어. 여기서 몇 백 킬로미터 떨어진 곳에 있는 사원에서 가축을 돌보는 일이야. 거기 간 지 2주 됐는데, 잘 지내고 있는 것 같아. 중요한 건 술병에 다시 손을 대지 않았다는 사실이지. 일이 잘 풀리면 일주일 뒤엔 난딘과 아기와 엄마도 거기 가서 함께 살 수 있을 거야. 운이 조금만 따라 준다면 그들을 다시 볼 일이 없겠지."

프랑크가 자동차 문을 열었다. 그리고 마지막으로 한 번 더 게르에 눈길을 주면서 말했다.

"내가 매일 아침 일찍 일어나는 건 이런 순간을 위해서야."

지금 생각하면 그때야말로 프랑크가 거칠고 상스러워 보이는 가면을 벗어던진 드문 순간들 가운데 하나였을 것 같다. 어쩌면 그는 가면이 필요했을지도 모르겠다. 그로 하여금 버티게 해 주는 어떤 것이었을 테니까. 그의 허세 부리는 표정 뒤에는 자신에 대한 확신이 없는 그의 모습이 숨겨져 있었으리라. 결국 나는 그에 대해 아무 것도 모르고 있었던 것이다.

회관에 돌아왔을 땐 마음이 한결 가벼워져 있었다. 밖에선 사이먼이 영국에서 갖고 온 라켓을 가지고 아이들이 시끌벅적하게 놀고 있었다. 그러고 보니 나는 뭐 하나 가져온 게 없었다. 묵숙은 구석에 두 다리를 벌린 채로 앉아서 막대 하나를 들고 바닥에 그림을 그리고 있었다. 나도 그 옆에 웅크리고 앉아서 웃음 지으며 물었다.

"무얼 그리는 거야?"

묵숙이 내게 막대를 건네주었다. 나는 막대로 배를 그리면서, 배를 젓는 뱃사공 이야기를 들려주었다. 묵숙이 이해한 것 같지는 않다. 하지만 내 이야기를 열심히 듣고 있었던 것은 분명했다.

# 12

바카르가 돌아올 때가 가까워지자 회관의 분위기가 조금 달라졌다. 프랑크는 자리를 지키지 않았다. 임신한 아이를 찾는다고 여기저기 전화를 돌리고, 밖으로 나돌아 다녔다. 하지만 성과는 아무 것도 없었다.

프랑크가 애쓰고 있는 걸 보고 있자니 솔직히 그에 대한 연민의 마음까지 생겨났다. 어느 날 저녁, 오얀자가 준비한 몽골식 볶음국수를 먹다가 사이먼이 불쑥 말을 꺼냈다. 어쩌면 그런 아이는 처음부터 없었던 것 아니냐고 건드린 것이다. 프랑크가 어찌나 무섭게 화를 냈던지, 불쌍한 사이먼은 눈에 눈물을 글썽이기까지 했다. 나는 다시는 그런 말을 꺼내면 안 되겠다고 생각을 했다.

프랑크는 바카르를 마중하러 공항에 나갔고, 나와 사이먼은 마당에서 흩어진 공들을 모으고 있었다. 후텁지근한 날씨였다. 반바지의 솔기가 땀이 찬 엉덩이를 간질였지만 나는 신경도 안 썼다. 내가 사이먼에게 물었다.

"프랑크가 왜 저렇게 저기압이에요? 그 아이 때문에 그런 거 아니에요?"

"그렇겠지. 하지만 꼭 그것만도 아닌 것 같아."

"그래요?"

"두 사람의 관계가 좀 묘해. 프랑크가 바카르를 안 좋아하는 것 같기도 하고……."

"바카르를 존경하면서도, 자기도 바카르만큼 유능하다는 걸 증명하고 싶은 거라 이거죠."

"바로 그거야."

"혹시 바카르를 사랑하고 있는 건 아닐까요?"

사이먼이 흘낏 마당을 둘러보았다. 남자아이들은 붙잡기 놀이를 하고 있었고, 여자아이들은 서로 자기 봉제 인형들을 비교하고 있었다. 그 인형들은 오얀자가 여러 날 전부터 열심히 바느질해 만든 것이었다. 묵숚만 마당 한 귀퉁이에 앉아 있었다. 그 아이는 늘 혼자였다. 접근을 시도하던 다른 아이들은 금세 관심을 거두고 말았다. 묵숚의 눈길이 내 눈길과 마주쳤다. 나는 손으로 신호를 보냈다.

플라스틱 상자에다 공들을 넣으면서 사이먼이 대답했다.

“사랑한다고? 그런 생각을 했다는 게 놀라운데.”

“그래요? 바카르는 어떤 사람이에요?”

“레즈비언.”

내가 놀라 눈을 휘둥그레 뜨자 사이먼이 덧붙였다.

“농담이야, 농담!”

사이먼이 웃음을 터뜨렸다. 나도 따라서 웃었다. 사이먼이 그런 허튼 소리를 한 건 처음이었고, 그건 그의 평소 모습과 어울리지 않았다.

“나는 왜 이렇게 수다스러울까.”

사이먼의 말은 시끄러운 고함 소리에 묻혔다. 마당에서 남자아이 둘이 싸우고 있었다. 어느새 아이들이 모여 들어 원을 이루고 있었다. 한 아이가 다른 아이를 사납게 밀었고, 바닥에 넘어진 아이는 마구 발길질을 해 댔다. 우리는 싸움을 말리기 위해 달려갔다. 사이먼이 날카로운 소리로 “그만!” 하고 소리 질렀다. 나도 “됐어! 그만해!”라고 소리쳤다. 그런데 내가 몸집이 조금 더 큰 아이의 바지를 잡으려 하는 순간, 다른 녀석이 뒤로 와서 내 팔을 사납게 물어 버렸다.

나는 비명을 지르며 생각할 틈도 없이 아이의 뺨을 때렸다. 누가 됐든 남을 때려 본 건 그때가 처음이었다. 내가 다시 머리를 들었을 때 묵숙은 구석에서 겁먹은 눈길로, 아니 실망한 눈길로 나를 바라보고 있었다. 어쩌면 둘 다였는지도 모르겠다.

프랑크와 바카르가 공항에서 돌아온 것은 양고기와 감자와 쌀로 만든 점심을 먹고 난 후였다. 우린 날마다 거의 같은 음식을 먹었지만, 솔직히 이제 먹는 것은 내 관심사가 아니었다.

우리는 아이들이 양치질을 잘했나 검사한 다음, 흉내 내기 놀이를 하면서 기다리고 있었다. 바카르가 들어오자, 신이 난 사이먼은 침팬지 흉내를 내며 소파 위에서 겅중겅중 뛰었다. 아이들도 웃음을 터뜨리며 분위기가 가벼워졌지만, 나는 마음이 혼란스러웠다. 식사하는 동안 나는 묵숙 옆에 앉으려고 했지만, 녀석은 나를 쳐다보지도 않고 구석에 웅크리고 있었다. 마치 내가 자기 뺨을 때리기라도 한 것처럼. 나는 그 아이를 길들이는 데 열흘도 넘게 공을 들였는데, 단 2초 만에 공든 탑을 무너뜨린 셈이었다.

바카르가 인사를 하자, 다들 그녀에게 달려가서 안겼다. 바카르는 키가 크고 당차 보이면서도 상냥했다. 날씬한 근육질의 다리로 당당히 서 있는 그녀를 보며 나는 샘이 났다. 그녀는 밝은 색 반바지와 회관의 로고가 그려진 티셔츠를 입고 있었고, 컨버스 스타일을 중국식으로 바꾼 목이 높은 운동화를 신고 있었다. 아이들이 흩어지고, 드디어 나는 그녀를 마주하게 되었다.

바카르가 검은 눈으로 내 눈을 응시하며 손을 내밀었다. 그리고 오얀자가 떠듬떠듬 프랑스어로 말할 때와 비슷한 억양으로 인사를 건넸다.

"안녕, 아멜리아. 너의 집에 온 걸 환영해."

바카르가 했던 이 말이 오늘까지도 생생히 들리는 듯하다. 그렇다. 그게 맞는 말이다. 돌이켜 보면, 그게 우연이었는지 아닌지 궁금하지 않을 수 없다.

# 13

회관에서의 나날은 특별한 일 없이 지나갔다. 달라진 점이라야 일거리를 나누는 사람이 프랑크가 아니라 바카르라는 것 정도였다. 바카르는 프랑크에 비해 나에 대한 관심이 많아 보였다. 거기엔 엄마의 후원금이 관련 있지 않을까 싶었다.

바카르가 돌아오고 처음 맞는 일요일에 판에 박힌 일상을 깨뜨리는 사건이 발생했다. 그날 아침, 나는 가까스로 일어났다. 전날 야간 순찰에서 늦게 돌아온 탓이었다. 하루하루 지나면서 임신한 여자아이를 찾는 일은 더 시급해졌다. 바카르는 걱정이 컸다. 지난겨울처럼, 이미 아기를 낳아 터널 안이나 어느 집 문 앞에 버려두었으면 어쩌나 해서였다. 그때 버려진 아기는 꽁꽁 언 채로 시민 단체의 한 직원에게 발견되었다고 했다.

그런 걱정 때문에 우리는 폐건물을 열 곳도 넘게 뒤지고 다니다가 새벽 두 시나 되어서야 잠자리에 들었던 것이다. 그 중 한 곳에서 우리는 유난히 들떠 있는 소년들을 발견했다. 그들이 난폭하게 굴지나 않을까 두려워서 나는 되도록 눈에 띄지 않으려고 조심했다. 휴대전화가 여러 개 발견되었는데, 보나마나 훔친 것이었다. 보드카 술병들이 굴러다니고 다른 음료도 있었다. 말 젖을 발효시켜 만든 아이락이라는 전통 음료라고 프랑크가 설명을 해 주었다.

그들 가운데 세 명이 우리를 따라 회관에 오기로 했지만, 나머지 소년들은 완강히 거부했다. 자기들을 경찰에 넘길까 봐 겁이 나서일 거라고 프랑크가 말했다.

회관에 돌아오자마자 가장 먼저 한 일은 몸을 씻으라고 시킨 것이었다. 옷들이 어찌나 더럽던지 바카르는 바로 쓰레기통에 처넣었다. 도대체 내가 언제 잠자리에 들었었는지도 기억나지 않는다. 너무 지쳐서 옷 벗을 새도 없이 그냥 잠이 들고 말았다. 간신히 방문을 잠근 기억이 날 뿐이다.

다음 날 아래층으로 내려가 보니 아이들은 거실에서 자기들끼리 시끌벅적 놀고 있었고, 어른들은 모두 사무실에 모여 있었다. 사무실에 드리워진 어두운 분위기로 보아 좋지 않은 일이 있는 것 같았다.

바카르는 화가 났다기보다 실망이 역력한 표정으로 설명했다.

“어젯밤에 왔던 녀석들이 밤중에 도망쳤어. 사무실의 전화기들이랑 여기 보관하고 있던 돈까지 훔쳐서.”

그러자 프랑크가 주머니에 손을 찔러 넣은 채로 심드렁하게 중얼거렸다.

“현관과 사무실 문을 자물쇠로 잠갔더라면 이런 일이 벌어지지 않았을 거야.”

“여긴 감옥이 아니에요.”

바카르가 프랑크를 째려보면서 반박했다. 세상에 없는 권력자가 온다 해도 두 손 두 발 다 들게 할 만한 기세였다.

사이먼이 당황한 표정으로 내게 말했다.

“아멜리아, 우리 나가서 아이들이랑 산책이나 할까.”

바카르의 표정이 순간 부드러워지면서 미소를 지었다.

“좋은 생각이네. 가서 구경하고 와. 나담 축제가 며칠 안 남았어. 벌써 마을 부근에 기수들이 와서 게르를 세워 놨더라고.”

나는 우중충한 분위기에서 벗어날 수 있다는 것만으로도 감지덕지하며 고개를 끄덕였다. 사무실에서 나오면서 나는 묵숙의 뒤를 따라갈까, 아니면 옆에서 나란히 걸을까 궁리를 하고 있었다.

# 14

묵숚은 내가 다시 가까이 다가가는 걸 허락해 주었다. 나는 묵숚에게 프랑스어 몇 마디를 가르쳐 주었고, 묵숚은 내게 몽골어를 가르쳐 주었다. 나는 이제 말, 마르모트, 야크 같은 동물의 이름 정도는 몽골어로 할 줄 알게 되었고, 열 마리가 넘지 않는 범위에서 셀 수도 있게 되었다. 나는 수첩에 그려 놓은 크로키를 묵숚에게 보여 주었다. 암소와 공룡의 잡종처럼 그려진 야크, 더셀터 회관, 징기스칸 등이었다. 묵숚이 나를 더 잘 이해할 수 있게 내가 속해 있는 세계도 보여 주었다. 에펠탑, 고속 열차, 수학 선생님, 그리고 우리 부모의 요트까지.

나에겐 묵숙의 새아버지에게서 별다른 연락이 없이 지나가는 하루하루가 승리였다. 그에게 무슨 일이 생겨 아이를 데리러 올 수 없게 되기를 나는 몰래 빌었다.

나담 축제의 시작날인 7월 11일 아침이 되었다. 아이들은 시키지 않았는데도 모두 깨끗이 씻고, 머리를 빗고, 옷도 갈아입었다. 우리는 먼저 몽골 고유의 대중적인 운동인 씨름 시합을 구경한 다음, 그 옆에서 열리는 경마 대회를 보러 가기로 했다. 바카르는 전통 놀이인 샤가이* 구경으로 마감하자고 했지만, 아이들이 별다른 흥미를 보이지 않는 데다 구경꾼이 워낙 많다고 해서 보고 싶어도 볼 수 없을 것 같았다.

우리는 차에 빼곡하게 올라탔다. 큰 아이들은 자기네 무릎에 앉은 작은 아이들을 꼬집거나 간질이면서 장난을 쳤다. 길이 끔찍할 정도로 막혔지만 어찌어찌 시내를 가로질러 가긴 했다. 시내는 그야말로 흥분의 도가니였다. 길 한가운데에 주차한 자동차들 사이로 길을 내기 위해 계속 경적을 울려 대는 수밖에 없었다. 대부분의 사람들이 몽골 전통 의상인 델을 입고 있었다. 긴 소매가 달린 커다란 원피스 같은 옷이었다. 오른쪽 어깨와 겨드랑이 부분을 매듭 지어 묶고 허리

* 양의 복사뼈로 만든 샤가이를 던지고 잡는 놀이로, 한국의 공기놀이와 비슷하다.

띠를 두른 것이 중국 옷과도 비슷해 보였다. 바카르와 오얀자도 비단실로 수를 놓은 화려한 델을 자랑하고 있었다. 내가 입으면 맵시가 안 날 것을 알면서도 입어보고 싶었다. 혹시 모르지. 내가 매력이 철철 넘치는 초원의 여전사로 변할지도.

가도 가도 도착할 기색이 안 보여서 차 안에 산소가 모자랄까 걱정될 정도였지만, 마침내 경기장 앞에 다다르긴 했다. 나는 좁은 자동차를 벗어나는 게 너무 좋아서 아이들처럼 신나게 뛰어내렸다. 조바심 난 구경꾼들이 어느새 수백 명씩 줄을 서서 씨름꾼들을 응원하고 있었다. 512명이나 되는 씨름꾼들은 최후의 승리자인 '대 거인'이 탄생할 때까지 장장 이틀에 걸쳐 경기를 벌일 예정이었다. 임시로 차려진 바비큐 장에선 양고기를 굽고 있었고, 북소리와 폭죽 터지는 소리에 군중의 열기가 더해져 경기장을 뒤흔들고 있었다. 아이들은 머리 끝까지 흥분했다. 프랑크는 아이들에게 흩어지면 안 된다고 악을 썼다. 묵숨은 더 멀리까지 보려고 까치발로 서 있었다. 나는 나대로 아무 생각 없이 주위를 둘러보았다. 처음 보는 이 생소한 민속놀이에 어안이 벙벙해졌다.

운동장에서는 이미 개회식이 열려, 모두들 악마처럼 질러 대는 함성이 천지를 뒤덮었다. 바카르는 아이들 앉힐 장소를 가리키며 소리를 질렀고, 우리는 운동장에서 펼쳐지는 구경거리에 흥분하여 길길이 날뛰는 아이들을 앉히느라 동분서주했다. 풀밭에서는 민속 무용

단이 음악에 맞춰 춤을 추고 있었다. 무용뿐 아니라 다양한 곡예까지 곁들여졌다. 남자들 여럿이서 몸으로 높은 피라미드를 쌓는가 하면, 아슬아슬한 곡예를 하거나 위험천만해 보이는 도약을 시도하기도 했다. 관객들은 계속 이어지는 흥겹고 짜릿한 공연의 리듬에 맞추어 갈채를 보냈다.

화려한 색채의 향연이 몇 분 동안 펼쳐진 다음, 무용수들이 한가운데로 모였다. 갈기를 땋은 말에 올라탄 수십 명의 기수들이 사방에서 늠름하게 달려 나왔다. 그들은 위엄 있게 몽골 국기를 휘날리며 모여들더니, 밝은 리본으로 허공을 가르던 무용수들 주위에 자리를 잡았다.

갑자기 관중들의 박수갈채를 받으며 흰 말 한 마리가 나타났다. 말 위에는 동작 하나하나가 예사롭지 않은 기수가 타고 있었다. 그는 도도한 눈길로 지평선을 매섭게 쏘아보며, 우아하게 발길질을 하는 자기 말을 노련하게 다루고 있었다.

관중들은 기쁨의 함성을 지르면서 내가 알아들을 수 없는 구호를 외쳤다. 바카르를 바라보았더니, 그녀도 몸 전체를 떨면서 '징기스칸'을 외치고 있었다. 나도 점차 관중들 사이에 흐르는 열정을 이해할 수 있었다. 나는 개회식이 끝날 때까지 줄곧 주변 사람들 얼굴을 구경했다. 그러다가 묵숙의 얼굴을 한동안 바라보았다. 이 아이에게서 풍기는 분위기를 그려 낼 재주가 있다면 얼마나 좋을까.

드디어 씨름 경기가 시작되었다. 선수들이 둘씩 짝을 지어 중앙에 나타났고, 신호에 맞추어 대결 자세를 취했다. 가능성이 거의 없는 상상이지만, 내가 집에서 이런 축제를 다큐멘터리로 보고 있었다면 선수들 모습이 우스꽝스럽다고 생각했을 것이다. 선수들은 새파란 팬티를 입고 머리에는 뾰족한 뿔이 달린 모자를 쓰고 있었다. 하지만 그들은 전혀 괴상해 보이지 않았다. 저마다 좋아하는 선수를 응원하느라 고함을 질러 대는 아이들처럼 나도 어느새 경기에 빠져들었다.

대여섯 차례의 경기가 끝났을 무렵, 바카르가 기름 냄새를 풍기는 부즈 상자를 들고 돌아왔다. 나는 바카르가 언제 나갔었는지도 모르고 있었다. 그녀는 영웅 대접을 받았다. 그럴 정도로 이 작은 튀김만두는 맛본 지 오래된 귀한 것이었다. 아이들은 경기를 구경하면서도 부즈에 달려들었다. 그러는 바람에 손가락이며 턱이며 온통 기름 범벅이 되어 번질번질해졌다.

이제 말 경주를 보러 가려는데, 묵숚이 토하기 시작했다. 오얀자가 물병을 들고 달려오더니 거북해하는 기색 하나 없이 닦기 시작했다. 그녀의 민첩하고 숙련된 동작에 감탄하면서도 처음 든 생각은 혹시나 전염병이면 어쩌지, 하는 것이었다.

그러나 묵숚이 풀죽은 눈으로 나를 찾자, 나는 곁으로 다가가서 손을 내밀며 그 말없는 호소에 답하지 않을 수 없었다.

바카르는 묵숙과 나를 회관으로 데려다 주었다. 오얀자는 자기가 묵숙을 데리고 있겠다며 내게 나담 축제를 더 즐기라고 권했다. 그 뜻이 고맙긴 했지만, 나는 사양했다.

바카르의 도움을 받으며 묵숙을 씻겼다. 바카르는 물에다 무슨 흰 점토 같은 것을 풀더니 묵숙에게 마시게 했다. 아이는 어느새 좀 나아 보였다. 운동장을 떠날 때에는 잿빛을 띠었던 얼굴 표정이 훨씬 부드러워졌다. 바카르는 그러고도 얼마간 더 묵숙의 곁을 지키다가 다시 아이들에게로 떠났다.

"금방 돌아올 테니까 걱정하지 마. 묵숙이 또 토하면 전화하고."

그러면서 바카르는 내 팔뚝에 자기 휴대전화 번호를 적어 주었다.

나는 소파에 앉았고, 묵숙은 내 무릎에 머리를 얹고 누웠다. 이럴 때만큼은 나도 샤를로트보다 나은 점이 있다는 생각이 들었다. 내 푹신한 허벅지 덕에 묵숙이 편안히 쉴 수 있으니 말이다. 어릴 때 엄마가 불러 주던 노래를 나도 모르게 흥얼거리며 아이의 검은 머리를 쓰다듬어주었다.

15분쯤 지났을까, 묵숙은 눈꺼풀이 닫히고 잠이 들었다. 열흘만 있으면 나는 파리로 돌아가게 된다. 그래도 이 아이는 여기서 계속 커가겠지. 나는 묵숙을 파리로 데려가는 상상도 해 보았다. 비행기를 타면 표정이 어떻게 변할까. 혼잡하기 그지없는 샤를드골 공항 한가운데에 내리면 어떤 반응을 보일까. 한결같이 무표정한 얼굴로 귀에다 휴대전화를 대고 있는 사업가들, 마라케시 행 비행기를 놓칠까 봐 허둥대는 여행객들, 머리를 숙이고 휴대전화 화면 속에서 다른 삶을 사는 데 정신이 팔린 사람들.

우리 집에 데리고 가면 어떨지 그림이 쉽게 그려졌다. 아빠 서재를 묵숙의 방으로 꾸며 주면 된다. 묵숙은 진짜 침대에서 재미난 그림이 그려진 이불을 덮고 자고, 경주용 자동차 모형이나 만화영화에 나오는 로봇을 갖고 놀 것이다. 엄마는 으깬 감자에 햄을 곁들인 장봉퓌레를 만들어 줄 것이고, 나는 콩코르드 광장에 데리고 가서 관람차를 태워 줄 것이다.

나는 계속 아이의 머리카락을 만지작거렸지만 노래는 그만두었다. 로봇과 관람차 생각을 하느라 가사가 헷갈렸던 것이다. 그러다가 프랑크가 했던 말을 떠올렸다. 그의 말이 옳았다. 묵숙을 파리로 데려간다는 건 이기적인 생각일 뿐이다.

내가 공상에서 벗어난 건 문밖에서 갑자기 무슨 소리가 들려와서였다. 누군가 문을 두드리고 있었다.

어찌나 겁이 나던지, 오줌을 지릴까 봐 걱정될 정도였다. 묵숙도 겁에 질린 표정으로 천장만 바라보고 있었다.

묵숙의 새아버지나 엄마가 아이를 찾아온 게 아닐까. 나는 1초도 머뭇거리지 않았다. 다른 생각은 들지 않았다. 나는 말 한 마디 없이 묵숙을 일으키면서 그 입에다 내 손가락을 갖다 대고 아무 말도 하지 못하게 했다. 그러고는 아이를 안고 부엌으로 갔다. 아이는 내가 생각했던 것보다 가벼웠다. 내 마음을 이해했는지, 아이는 커다란 수납장 문을 스스로 열었다. 톱이나 걸레, 빗자루 같은 것들을 보관하는 곳이었다. 아이는 아무 말 없이 그 안에 웅크리고 앉았다. 나는 다시 문을 닫고 고리를 걸었다.

나는 부엌에서 나왔다. 현관에서 나는 쿵쿵 소리보다도 내 심장이 두 배는 빨리 뛰는 것 같았다. 겁이 났다. 나는 혼자였고, 밖에 누가 있는지 알 도리가 없었다. 어쩌면 술에 떡이 된 남자가 나를 밀치면서 덤벼들지도 모를 일이었다. 그렇다면 나도 묵숙과 함께 수납장 속에 숨어 있어야 하는 게 아닐까.

나는 떨리는 걸음으로 다시 부엌으로 갔다. 개수대 속에 있는 칼을 집어 반바지 뒤쪽 주머니에 넣었다. 그러고는 살금살금 걸어 사무실 창가로 다가갔다.

뿌연 유리창을 통해 내다보니 내 나이쯤 되어 보이는 청년이 서 있었다. 원래는 노란 색이었을 티셔츠와 지나치게 큰 어두운 색 바지를 홀쭉한 몸에 걸치고 있었다. 팔과 옷에는 뭔지 알 수 없는 불길한 얼룩이 져 있었다. 내가 있는 위치에서는 분명치 않았지만, 혹시 피가 아닌가 하는 생각이 들었다.

그는 현관문을 붙잡고 계속 같은 소리만 되풀이하고 있었다. 공포에 질린 기색을 보아 하니, 묵숙을 데리러 온 사람은 아니라는 판단이

들었다. 어디서 그런 행동을 할 용기가 났는지 모르겠지만, 나는 현관으로 가서 손잡이를 돌렸다.

문이 열린 걸 확인한 청년이 말을 쏟아내기 시작했다. 내가 못 알아들으리라는 건 생각도 못 하는 것 같았다. 청년이 내 팔을 잡고 따라오라는 시늉을 했는데, 그 몸짓엔 공포와 절박함이 가득했다. 티셔츠에 묻은 얼룩이 핏자국이란 건 더 확실해 보였다. 나는 순간 자동차 사고를 생각했다. 사람들이 운전을 너무 거칠게 하지 않던가. 주변을 둘러보았다. 며칠 전부터 아무도 찾으러 오지 않은 고장 난 낡은 지프차 한 대가 길에 서 있을 뿐이었다. 더 먼 곳에서 사고가 난 걸까? 사람들은 모두 나담 축제에 가 있었다. 청년은 내가 문을 열기 전에 이미 여러 곳의 문을 두드린 게 틀림없었다.

나는 영어로 말해 보았지만, 이번엔 청년이 알아듣지 못했다. 퍼뜩 어떤 생각이 떠올랐다. 나는 청년에게 기다리라 하고, 묵숙을 찾으러 급히 달려갔다. 수납장 문을 열자 묵숙이 겁먹은 눈으로 바라보았다. 나는 내가 아는 몽골어 낱말인 '아버지'와 '아니야'를 간신히 연결시키며 묵숙을 안심시키려 애썼다. 묵숙이 나를 따라왔고, 청년은 설명을 시작했다.

무슨 일이 일어난 걸까? 청년이 내게 바라는 게 무엇일까? 나는 너무 궁금했지만 묵숙만 쳐다보고 있었다. 이윽고 청년이 말을 끝냈다. 묵숙은 나를 바라보더니 갑자기 거실로 뛰어갔다. 그러고는 여자아이들이 만든 봉제 인형 하나를 들고 곧장 돌아왔다. 묵숙이 그걸 내밀었지만, 나는 바보처럼 인형을 들여다보는 것 말고는 달리 할 수 있는 게 없었다. 눈을 표시하는 검은 단추 두 개 가운데 하나가 떨어질락 말락 했다. 떨어지기 전에 얼른 꿰매야겠다는 생각을 하고 있는데, 청년은 내게서 사납게 인형을 빼앗았다. 그리고 말로 표현하지 못하는 자의 절박한 눈길로 나를 바라보면서 인형을 좌우로 과장되게 흔들기 시작했다.

그제야 나는 상황을 이해했다. 하지만 당장 무엇을 어떻게 해야 할지 알 수가 없었다. 묵숙을 혼자 놓아두어도 될까? 나는 소방서 번호도 모른다. 게다가 구급차가 이 빈민촌까지 와 준다는 보장도 없다.

나는 사무실로 뛰어 들어가서 바카르에게 전화를 걸었다. 바카르가 받지 않아, 자동응답기에 말을 남겼다.

"임신한 여자애 때문에 걸었어요. 찾고 계시던 바로 그 애요. 확실하진 않지만 어떤 남자가 왔는데⋯⋯ 아무튼 방금 아기를 낳은 것 같아요."

내가 뱉은 말에 내가 놀랐다. 나는 묵숙을 데리고 거실로 와서 소파에 앉혔다. 그리고 떨리는 손으로 낡은 텔레비전을 켜서 만화영화 채널에 고정시켰다. 나의 동작은 거의 기계적이었다. 나는 내가 무얼 하고 있는 건지도 제대로 알지 못했다. 눈앞에 펼쳐진 스크린에는 여자아이와 갓난아기의 모습이 나타났다.

이제 무얼 해야 되지? 나는 응급처치에 대해서도 아는 게 없는데, 하물며 출산이라니. 그렇다고 아무런 해결책도 찾지 않고 바카르가 오기만 기다릴 순 없는 노릇이었다. 나는 계단을 기다시피 위층으로 올라갔다. 그리고 내 방에서 휴대전화를 가지고 후들거리며 내려왔다.

청년은 낡은 자전거를 갖고 있었다. 내가 짐칸에 올라타자 그는 울퉁불퉁한 길로 페달을 밟기 시작했다.

나는 다시 바카르에게 전화를 걸었다. 통화 중이었다. 나는 속으로 욕을 내뱉었다.

행인이라도 찾아보려고 주변을 살폈다. 길에서 도움을 청하는 게 그나마 가장 나은 해결책일 듯싶었다.

한참 달리다가 오른쪽으로 방향을 튼 자전거가 하마터면 회관의 트럭과 부딪칠 뻔했다. 트럭은 자전거를 피하느라 길을 벗어났다. 나는 정신을 차리고 트럭으로 달려가서 바카르에게 지금의 상황을 알렸다. 나를 바라보는 바카르의 눈이 놀라서 튀어나올 것만 같았다. 바카르가 트럭에서 뛰어내려 청년에게 달려가더니 빠르게 몇 마디 말을 나누었다. 20초도 안 되었을 그 순간이 내겐 한없이 길게만 느껴졌다. 청년에게 문을 열어 준 그 순간부터 시간이 얼마나 흐른 것일까?

시동도 끄지 않은 채 우리에게 다가온 프랑크에게 바카르가 말했다.

"오케이, 아기를 낳았대. 프랑크는 가서 아이들을 데려와요. 어디서 아기를 낳았는지 알게 되면 전화할 테니, 그때 우릴 데리러 와 줘요. 아기를 곧장 보건소로 데려가야 할 테니까."

프랑크가 어림없다는 듯 펄쩍 뛰었다.

"말도 안 돼. 나도 같이 가요. 오얀자나 사이면 가운데 한 사람은 아이들을 돌보고, 다른 한 사람이 우릴 데리러 오면 되잖아요."

바카르가 내게 급히 말했다.

"아멜리아도 회관으로 돌아가 있어야겠어."

나는 고개를 저었다. 지금까지도 그때 왜 그랬는지 모르겠다. 나도 이미 너무 많이 개입되어 있다고 생각한 걸까. 텔레비전 드라마를 지나치게 많이 봤기 때문인가.

내 입에서 이런 말이 툭 튀어나왔다.

"싫어요. 나도 도울래요."

# 15

청년이 자전거에서 뛰어내렸고, 나도 따라서 뛰어내렸다. 그의 이름이 졸부라는 것은 나중에 알게 되었다. 자전거 바퀴가 길 위에 나동그라진 채 돌고 있는데, 프랑크와 바카르도 뛰어서 도착했다. 바카르는 그다지 숨차 보이지 않았지만, 프랑크는 헐떡거리고 있었다. 지금 와서 돌이켜 보면, 프랑크는 비상 상황 속에서도 짜증을 내고 있었던 것 같다.

졸부는 건설 현장을 둘러싼 높은 벽과 볼품없는 빌딩 사이로 난 좁은 길로 들어섰다. 그러고는 아스팔트에 뚫려 있는 맨홀 구멍 옆에 멈추더니, 유연한 동작으로 내려가기 시작했다. 그 구멍은 파리에서 보았던 하수구 입구와 비슷했다.

프랑크와 바카르도 머뭇거리지 않고 들어갔다. 나는 몸을 숙이고 그들이 어두운 공동 속으로 사라지는 걸 보고 있었다.

"여기서 기다리고 있으려면 그렇게 해."

나는 주변을 둘러보았다. 혼자 남아 있고 싶은 마음은 눈곱만큼도 없었다. 내가 정말로 쓸모 있는 존재인지 확인하고 싶었던 걸까. 나는 바카르를 흉내 내어 녹슨 사다리를 쥐었다. 텅 빈 공간을 향해 내려간다는 불안감에 멀미를 느끼면서.

가능하면 빨리 내려가고 싶었지만 그들보다 느린 건 어쩔 수 없는 일이었다. 지금 생각하면 바카르가 왜 내게 밖에 있으라고 했는지 알 것 같다. 그건 나를 보호하기 위해서가 아니라, 뚱뚱한 몸과 굼뜬 동작 때문에 내가 임무를 제대로 수행하지 못하리라고 판단했기 때문일 것이다. 드디어 사다리의 마지막 칸에 이르렀고, 바닥에 어설프게 발을 디뎠다. 사방이 깜깜해서 눈이 적응하기까지 어느 정도 시간이 필요했다.

나는 더듬거리면서 바카르와 프랑크와 졸부를 따라갔다. 그들은 벌써 몇 미터 안쪽을 가고 있었다. 더웠다. 너무 더웠다. 게다가 악취 때문에 숨을 쉴 수가 없었다. 내가 도대체 무얼 밟고 가고 있는 건지 알 수가 없었다. 이따금 정체를 알 수 없는 삐거덕 소리가 들렸는데, 나는 그 소리를 무엇과도 연관시키지 않으려 안간힘을 썼다. 머리를 부딪치지 않으려면 몸을 낮춰야 했다. 나는 보이지 않는 것들로부터 얼굴을 보호하기 위해 앞으로 두 손을 휘저으며 나아갔다.

벽을 따라 지나가는 뜨거운 배관을 조심하라고 바카르가 소리 질렀다. 나는 잠시 멈춰 서서 몸을 숙이고 뒤를 돌아보았다. 머리카락에서 관자놀이를 따라 땀이 흘러내렸다. 나는 손등으로 이마의 땀을 훔쳤다. 출구의 빛줄기가 아득히 멀게 느껴졌다. 나는 돌아섰다. 공포가 심장을 후벼 팠다.

검은 벽에 습기가 배어 있었다. 터널은 너무 좁아 두 사람도 나란히 설 수 없을 지경이었다. 갑자기 공기가 부족해지기 시작했다. 숨을 쉬어야 한다. 안 그러면 무슨 일이 일어날지 나는 알고 있다. 신경성 발작이다. 나는 무릎에 손을 얹고 숨을 들이쉬기 시작했다. 아빠가 가르쳐준 대로, 내 허파로 들어가는 공기를 눈앞에 그려보려고 애를 쓰면서.

빌어먹을. 그 방식은 전혀 통하지 않았다. 아이들이 두더지 같은 삶을 살고 있는 이 터널에선 먹히지 않았다.

무슨 손가락 같은 게 내 팔을 잡는다는 느낌과 함께 다급한 목소리가 들려왔다. 나를 데리러 돌아온 프랑크였다.

"여기서 이러고 있으면 안 돼. 숨을 크게 쉬어 봐, 괜찮아질 거야. 겁먹지 마, 내가 도와줄게."

나는 시키는 대로 했다. 뺨에서 눈물이 흘러내렸고, 허파가 타는 듯했고, 눈앞에서 나비가 날아다녔다.

아, 내가 싫다! 나 아닌 다른 사람이고 싶다! 파리에 두고 왔다고 생각했던 그 욕구가 갑자기 나를 사로잡았다.

다행히도 몇 미터 더 가자 넓은 공간이 나타났다. 바카르가 졸부 옆에 서서 손전등으로 어둠 속을 훑었다. 프랑크는 계속 내 팔을 붙들고 있었다. 제발 그가 나를 놓지 않기를 간절히 바랐다.

바닥엔 빈 박스들이 고뇌의 양탄자처럼 깔려 있었다. 그 옆에 담요 몇 장이 가지런히 쌓여 있었고, 비닐봉지들도 있었다. 그때 느낀 감정을 어떻게 말로 표현할 수 있을까. 그건 다큐멘터리가 아니었다. 내가 누리는 안락한 삶이 얼마나 다행인지 안도하면서 기부할 마음을 내게 하는 그런 다큐멘터리가 아니었다. 그건 허구가 아니었다. 방금 아기가 태어난 현장이었다. 현실이었다.

졸부가 손을 들어 한 곳을 가리켰다. 바카르와 프랑크가 그리로 갔지만, 나는 코르크 판에 핀으로 고정시켜 놓은 나비처럼 꼼짝 못 하고 그대로 있었다. 바카르의 손전등이 어두운 구석을 비추었다. 피가 보였다. 바닥에도, 상자에도, 누더기에도 피가 묻어 있었다. 얼굴이 밀랍처럼 창백한 소녀 옆에 한 소년이 웅크리고 있는 게 눈에 들어왔다. 소녀는 더러운 누더기 보따리 같은 것을 가슴에 꼭 끌어안고 있었다. 소녀가 뭐라고 말을 하기 시작했다. 무엇을 바란다기보다는 한탄하는 소리로 들렸다.

순간, 바카르의 손전등 빛이 가물거리기 시작했다. 그리고 곧 주위가 어둠에 휩싸였다.

나는 정신을 잃고 말았다.

# 16

눈을 떴을 때, 나는 하수구 옆 도로에 누워 있었다. 사이먼의 얼굴이 흐릿하게 보였다. 내 뺨을 치고 있었던 게 분명했다.

"괜찮아, 아멜리아?"

나는 일어나 앉아서 손가락으로 머리카락을 추슬렀다. 처참한 기분이었다. 다리엔 힘이 없었고, 혀도 잘 안 돌아갔다. 땀이 마르면서 시큼한 냄새를 풍겼다. 불어오는 바람도 끈적거렸다.

"아기는 괜찮아요?"

사이먼이 어두운 표정을 지었다.

"아닌 것 같아. 상태가 좋다고는 말 못 해. 바카르와 프랑크가 병원으로 데려갔어."

몸을 일으켰다. 기절했던 게 창피했다. 할 일이 얼마나 많은데 짐만 되고 말았다니. 바카르가 두 번씩이나 따라오지 말라고 했건만, 나는 말을 듣지 않았다. 나도 엄마처럼 할 수 있으리라 믿었다. 하지만 엄마 발가락 끝도 못 따라가는 형편이었던 것이다.

"누가 나를 데려왔어요?"

"프랑크야. 먼저 산모를 데려온 다음, 곧바로 너를 데리러 다시 내려갔지."

"오랫동안 이러고 있었나요?"

"아니. 걱정 마. 두 사람은 방금 떠났어."

사이먼이 내 팔에 자기 손을 얹었다. 나는 나도 모르게 그에게 몸을 기댔다. 그가 어떻게 생각한대도 상관없었다. 나는 주인 잃은 개 같은 표정을 하고 있는 이 영국 남자가 좋았고, 누군가의 온기가 필요했다. 나는 누군가를 만지고 싶었다. 나는 잠시 그의 야윈 가슴에 기댄 채 그의 심장이 뛰는 걸 듣고 있었다.

내가 몸을 떼었을 때, 사이먼이 내게 부드럽게 물었다.

"좀 어때? 보건소에 데려다 줄까?"

나는 고개를 저으며 미소를 지어 보였다. 사실 기절한 것 자체는 별일 아니었다. 게다가 나는 벌써 상태가 좋아지고 있는 걸 느꼈다. 사이먼이 내게 팔짱을 꼈다.

"그래, 가자. 걸어가야겠네. 살살 가자."

오얀자와 내가 막 아이들을 재우고 났을 때, 회관 앞에 트럭이 서는 소리가 들렸다. 아이들은 나담 축제를 즐기느라 지친 탓에 쉽게 잠이 들었다. 묵숙도 괜찮아 보였다. 걱정할 만한 다른 증세는 보이지 않았고, 내가 돌아오자 아기와 문 앞에 있던 청년에 대해 물어보기까지 했다. 나는 내가 아는 대로 설명해 주었다. 오얀자가 중간에서 제대로 통역해 주기를 기대하며 단어를 골라 쓰느라 신경 썼다.

나는 기분이 영 좋지 않았다. 정신이 돌아오면서부터 나를 사로잡은 수치스러운 감정이 사라지질 않았던 것이다. 프랑크와 바카르의 시선을 마주할 생각을 하니 겁도 났다. 나 자신에게만 신경을 쓰고 있는 내가 또 너무 싫었다. 그들에겐 파리에서 온 부르주아 여자아이의 기절 같은 건 사건도 아닐 테지만.

자동차 문이 닫히는 소리가 나고 곧이어 현관문이 열리더니 바카르와 프랑크가 나타났다. 얼굴이 백짓장 같았다.

어떻게 됐냐고 사이먼이 물었다. 나는 회한과 자괴감에 빠진 채 소파 가장자리에 앉아 있었다.

아기는 아직 살아 있지만, 산모는 산후 출혈을 했다고 했다. 그게 무엇인지는, 그게 전혀 좋은 징조가 아니라는 것은 나도 알고 있었다. 프랑크가 자기 배낭을 옷걸이에 걸면서 고개를 저었다.

"차라리 아기를 거기 놔두는 게 나을 뻔했어요."

그러면서 한숨을 쉬었다.

"지난겨울의 그 아기처럼요."

아무도 그 말에 토를 달지 않았다. 바카르가 프랑크의 어깨에 손을 얹었다. 나는 두 사람 사이에 오가는 따뜻한 교감을 느끼며, 프랑크가 그 아이를 찾는 데 왜 그리도 혈안이 되어 있었는지 이해할 수 있었다. 그때 얼어 죽은 아기를 발견한 사람은 바로 프랑크였던 것이다.

바카르가 내게 다가오더니 기분이 어떠냐고 물었다. 나는 아무렇지도 않은 것처럼 보이려고 미소를 지었다. 열네 살짜리 소녀가 냄새나는 시궁창 바닥에서 아기를 낳고 죽느냐 사느냐 하고 있을 때 나는 한심하게 기절이나 하고 있었다니.

"저는 괜찮아요. 고마워요."

바카르가 내 말을 곧이곧대로 믿을 거라고는 생각하지 않았다. 내 대답은 의례적인 것일 뿐이었다. 나는 눈도 제대로 마주치지 못했다.

"너무 속상해요. 관장님 말씀 듣고 그냥 위에 있었어야 했는데."

바카르가 손을 허공으로 내저었다. 나를 진정시키려는 그녀의 눈길 뒤로 순간적이나마 경멸의 빛이 지나가는 걸 본 것 같기도 하지만.

"신경 쓰지 마. 너 말고도 기절한 사람 많아. 안 그래, 사이먼?"

그녀가 한쪽 눈을 깜박하자, 사이먼이 빙그레 웃으며 대답했다.

"오케이. 실토하지. 하지만 작년에 내가 기절한 건 너무 더워서였어."

"맞아."

바카르가 웃으면서 대답했다.

우리 넷 모두 웃었다. 가짜 웃음이었지만, 어쨌든 웃음이 필요하긴 했다.

바카르와 오얀자가 묵숙 이야기를 하는 동안, 나는 슬그머니 프랑크에게 다가갔다. 가슴이 두근거렸다.

"고마워요, 프랑크. 그리고…… 미안해요. 고마워요."

나는 뭔가 좀 더 말하고 싶었지만, 그럴 수가 없었다. 목이 메어 말이 나오지 않았다. 프랑크를 못마땅해 하고 그의 거슬리는 행동에 신경을 곤두세우며 지낸 시간이 얼마였던가.

프랑크가 커다란 손으로 내 어깨를 꽉 잡는데, 뜻밖에도 아빠의 손이 생각났다.

"자책할 것 없어. 방금 겪은 일이 쉬운 일은 아니니까. 그 아래까지 우릴 따라온 것만 해도 용감한 일이었어."

"고맙습니다."

프랑크는 미소를 지으며 내 턱에다 주먹질하는 시늉을 했다.

"고만 좀 해라. 이젠 됐어, 녀석아."

나도 그의 눈길을 피하지 않은 채 미소로 답했다. 그리고 처음으로 그가 쓰는 단어나 말투에 귀를 기울이면서 그 뒤에 숨겨진 것을 들었다. 거실에선 아이들이 소리 지르고, 깔깔 웃고, 말싸움을 하고,

쿵쿵 뛰어다니고 난리였다. 나는 앞으로 다시는 겪어 보지 못할 것 같은 이 행복한 교감의 순간에 대해 또다시 감사의 말을 하고 싶어졌다.

"좋은 소식이 있어."

바카르가 우리에게 말했다. 좋은 소식이라니? 오후에 엄청난 사건을 겪은 뒤로는 어떤 것도 좋은 소식으로 느껴질 것 같았다.

"묵숙이 우리와 함께 지낸 지 벌써 80일이나 됐잖아. 그동안 묵숙의 부모는 찾아오지 않았어. 그래서 규정에 따라 내가 그 아이네 게르에 가 보았는데, 그 자리에 없었어. 더 이상 거기 살지 않는다는 얘기야."

"정말요? 그럼 아이를 버리고 떠난 거예요?"

사이먼이 눈을 당구공처럼 동그랗게 떴다. 나도 마찬가지로 믿을 수가 없었다. 바카르가 어깨를 으쓱했다.

"확실해. 무슨 일이 있었는지 몰라도 이젠 합법적으로 묵숙에게 위탁 가정을 찾아줄 수 있게 된 거야."

사이먼이 미소를 지으며 나를 바라보았다. 앞으로 어떤 일이 벌어질지 모르겠지만 왠지 안심이 되면서 행복해졌다.

바카르가 눈을 반짝이며 말을 이었다.

"내가 나란체첵한테 전화해 보았더니, 자기가 받아 주겠대. 거기 가면 잘 지낼 것 같아. 모레 떠날 예정이야."

나란체첵은 니키타가 구해 주었다던 그 여자였다.

"아멜리아, 너도 같이 가고 싶으면 그래도 돼. 우리나라의 서쪽 끝이야. 중국 국경 가까이에 있는 지역이지."

오얀자가 바카르의 말을 거들었다.

"무척 아름다운 곳이야. 자연이 원래 모습 그대로 남아 있거든. 우린 그곳에서 구름이 태어난다고 말하곤 해."

# 17

이틀 뒤, 우리는 울란바토르를 떠나 바양 올기로 향했다. 무려 1,700킬로미터나 떨어진 곳이었다. 프랑크는 우리를 공항에 내려주면서 이번에도 어김없이 팔로 나를 툭 쳤다.

"잘 즐기고 와. 눈을 크게 뜨라고. 부르주아 세상에선 볼 수 없는 걸 보게 될 테니까."

프랑크는 묵숙 앞에 무릎을 꿇고 앉았다. 눈높이를 맞추는 것이었다. 그리고 전혀 그답지 않게 살가운 동작으로 아이의 허리를 붙잡고 몽골어로 뭐라고 속삭였다. 묵숙은 머리를 끄덕이며 그 아이만의 심각한 표정으로 프랑크를 살피고 있었다. 묵숙도 자기가 회관을 떠난다는 걸 알고 있었다. 위탁 가정의 가족은 어떻고, 거기서 어떻게 살게 될 거라는 것까지 상세히 설명해 주었으니까. 묵숙은 아무 것도 묻지 않고 모든 걸 받아들였다.

다시는 울란바토르, 그리고 자기 부모를 보지 못하게 될 거라는 걸 묵숙도 이해하고 있었다. 엄마가 아무 말 안 남기고 흔적도 없이, 마치 아들이 존재하지도 않는 듯이 떠나 버렸으니.

지금 이 아이의 심정은 어떨까? 어쩌면 엄마의 무관심이야말로 구타보다 더 나쁜 게 아닐까?

나는 묵숙과 손을 잡고 출발했다. 나는 나란체첵이 어떤 사람인지 알지 못하지만, 내 마음을 흔들어 놓은 이 아이의 눈높이를 그녀가 맞춰 주기를 바랐다.

묵숙이 비행기를 탄 건 당연히 처음이었다. 겨우 서른 명 정도 탈 수 있는 작은 비행기였지만, 묵숙은 놀라기도 하고 겁도 내면서 계속 주변을 살폈다. 그런 모습을 보니, 오래된 비행기를 한 대 사서 가난한 동네에 세워 놓은 인도 사람의 사연을 담은 다큐멘터리가 떠올랐다. 비행기를 탈 가능성이 전혀 없는 사람들에게 몇 루피만 받고 비행을 체험하게 한 그의 아이디어가 마음에 와 닿았다.

올기에 도착해서도 별다른 구경을 할 틈이 없었다. 우리를 나란체첵의 집까지 데려다 줄 트럭이 비행장에서 기다리고 있었기 때문이다. 바카르의 부탁을 받고 온 운전사의 이름은 보기였다. 그는 캐시미어로 떼돈을 버는 어느 부자 밑에서 일하고 있었다. 여름이 오고 양털 깎는 시기가 되면 그는 기름 낀 양털 뭉치를 모으러 올기 지방을 구석구석 누비고 다녔다. 이 양털은 다른 세상으로 건너가선 보드라운 카디건으로 변하여 마호가니 선반에 정갈하게 진열될 것이다.

여름철 비로 불어난 강을 따라 길이 이어졌다. 움푹 팬 곳이 많았고, 심하게 경사져 있기도 했다. 보기는 타이어 상태를 확인하기 위해 여러 번 멈춰야 했다. 자동차가 갑작스레 요동칠 때마다 나는 차 안의 손잡이를 움켜쥐었다. 묵숲의 작은 몸이 긴장하는 게 무릎에 느껴졌다. 몇 시간을 가면서도 지프차 한 대와 말 몇 마리 빼고는 아무것도 마주치지 않았다. 묵숲은 바람을 들이키며 광대한 풍경을 구경하느라 넋이 나가 있었다. 나도 싱그러운 냄새가 그득한 공기를 마음껏 들이마셨다.

사방에 씨를 뿌려 놓은 듯 듬성듬성 게르가 모습을 드러냈다. 그 주위로 야크, 낙타, 말 그리고 털이 곱슬곱슬한 염소 들이 노닐고 있었다. 가죽 부대에 담긴 우유를 흔들어 버터를 만들거나 양털을 두들겨서 펠트를 만드는 여인도 볼 수 있었다. 여인들은 아이나 개들이 가까이 다가오면 소리치며 쫓아냈다.

보기는 오후 늦게 우리를 목적지에 내려 주었다. 나는 세상의 끝에 다다른 듯한 인상을 받았다. 바카르는 그에게 몽골 화폐인 투그릭을 건넸다. 보기의 트럭은 우리가 내리자마자 곧장 출발해 자갈투성이 길 위를 덜컹덜컹 달려갔다. 나는 얼얼해진 다리를 흔들었다. 몸 구석구석 안 쑤신 데가 없었다.

"다 왔다!"

바카르가 얼굴에 바람을 쐬며 소리쳤다.

높은 지대에 위치한 이곳의 풀은 평지보다 키가 크고 기름져 보였다.

"유목민들은 6월에서 8월 말까지 여기에 머물지. 목표는 간단해. 가능한 한 빨리 동물들을 살찌우는 거야. 여름엔 쉴 틈이 없어. 그야말로 시간에 쫓기며 살지. 겨울이 다시 아귀처럼 덤벼들기 전에."

바카르가 묵숙의 작은 배낭을 집어 들었다. 내가 직접 꾸린 그 배낭에는 회관에서 마련한 옷 몇 벌과 칫솔, 그리고 잘 때 덮는 헤진 담요가 들어 있었다. 나는 울고 싶어졌다.

바카르는 햇빛을 가리느라 손을 눈 위에 대고 텐트촌을 둘러보았다. 게르는 기껏해야 열몇 채였다.

"저기가 나란체첵네 집이야. 평소 짓던 곳에다 지었네. 가자. 기다리겠다."

우리는 여기저기서 사람 사는 소리가 들려오는 게르 사이를 가로

질렀다. 지나는 길목마다 사람들이 동글동글한 얼굴을 내밀었다. 어떤 이들은 가축을 달래며 젖을 짜느라고 머리만 까딱하며 인사를 했고, 어떤 이들은 양털을 두드리다가 말고 다가와서 반갑게 말을 걸기도 했다. 모두 수수한 차림새였다. 여자들은 어두운 색 긴 치마에 알록달록한 머플러를 하고 있었다. 아이들은 화장이라도 한 것처럼 빰이 빨갰다. 다들 너무 크거나 아니면 너무 작은 색 바랜 반바지를 입고 뛰어다녔다. 땀이 차지 않는 최신 유행 등산화를 신고 있는 내가 우스꽝스럽게 보일 지경이었다.

외바퀴 손수레에 이상한 걸 쌓고 있는 남자들이 보였다. 거무죽죽한 것에서 구릿한 냄새가 났다.

"저게 뭐예요?"

내 질문을 받은 바카르가 재미있다는 표정을 지으며 대답했다.

"아르골이야. 땔감인데 저게 없으면 겨울을 날 수가 없어. 굳이 알고 싶다면 말해 줄게. 야크 똥이야."

나란체첵의 게르는 마을 끄트머리에 위치하고 있었다. 커다란 회색 게르에 빨간 줄무늬와 파란색 테두리가 칠해진 카자흐식 문이 달려 있었다. 아라베스크 무늬가 지붕 위 펠트 천을 장식하고 있었다. 문 오른편엔 고기가 걸려 있었는데, 마르모트인 것 같았다.

게르 옆에선 열 살쯤 되어 보이는 한 여자아이가 말뚝에 매인 암말의 목에 대고 노래를 부르고 있었다. 같은 가사를 되풀이하는 그 노래는 간절하면서도 한없이 우울한 분위기를 풍겼다. 그 옆에는 몸집에 비해 다리가 긴 망아지가 떨고 있었다. 아직 두터운 털이 다 빠지지도 않은 작은 망아지였다. 아이가 망아지의 주둥이를 어미의 젖꼭지에 대려 했지만, 눈가가 거무스레하고 귀를 뒤로 젖혀진 암말은 인정사정없이 사납게 뒷발질을 하며 새끼를 밀어 냈다.

나는 묵숙과 바카르를 바라보았다. 둘 다 꿈쩍도 않고 있었다. 동물이 자기 새끼를 거부하는 것은 보기 드문 폭력적인 광경이었다.

"왜 저래요?"

나는 조그만 목소리로 속삭였고, 바카르는 돌아보지도 않은 채 대답했다.

"저런 광경을 보다니 넌 운이 좋구나. 저 아이 이름은 제이나야. 제이나가 어떻게 하는지 잘 봐."

아이는 조금 더 큰 소리로 노래를 부르기 시작했다.

"가끔씩 어미 말이나 어미 낙타가 자기 새끼를 거부할 때가 있는데, 우리는 노래로 어미의 마음을 움직일 수 있다고 믿고 있어. 노래로 메마른 가슴을 움직여서 젖이 흐르게 하려는 거지."

갑자기 아이가 노래를 그쳤다. 그리고 망아지의 목에 둘러진 끈을 잡더니 어미의 배 쪽으로 잡아당겼다. 망아지는 젖이 퉁퉁 불어 축축해진 젖꼭지를 탐하는 것 같으면서도, 앞으로 나아가려 들지 않았다.

아이가 다시 한 번 더 세게 끌었다. 망아지의 머리가 어미의 옆구리로 들어가자, 이번엔 어미가 사나운 울음소리를 내며 옆으로 물러났다.

그러자 아이는 주먹을 움켜쥐고 눈을 무섭게 뜬 채 어미 말의 귀에다 대고 욕을 하기 시작했다. 아이는 계속 욕을 하고 어미의 갈기를 사납게 잡아당기면서 때리기라도 할 듯한 시늉을 했다. 아이는 한참 욕을 하고 나서야 마음이 좀 풀렸는지, 잠시 어미 말을 붙들고 있다가 뒤로 물러나며 성난 눈길을 거두었다. 그리고 이번엔 옷소매를 걷고 어미 말의 꼬리를 들어 올린 뒤, 손을 어미 말의 엉덩이 밑으로 집어넣었다. 팔꿈치가 안 보일 정도로 넣었다가 팔을 다시 빼더니, 이번엔 망아지한테 가서 문질러 댔다.

나는 너무 놀라서 그게 무엇을 하는 행동인지 묻지도 못하고 있었는데, 바카르가 설명해 주었다.

"새끼에게 어미 냄새가 나게 해서 유인하려는 거야. 자기 새끼라는 걸 어미가 인정하고 젖을 주게 하려는 거지."

아이가 같은 동작을 되풀이하자 망아지의 털은 분비물로 완전히 뒤덮혔다.

"여름 동안에 가축을 한 마리라도 잃으면 큰일이거든. 겨울에 많이 죽기 때문에 여름에 번식시켜 놓아야 해."

아이는 눈 위로 내려온 앞머리를 올리고는 다시 노래를 부르기 시작했다. 묵숙은 내 옆에서 꼼짝 않고 그 장면을 홀린 듯 바라보고 있었다.

시간이 얼마 지난 다음, 아이는 다시 망아지를 어미에게 데려갔다. 새끼는 떨리는 입술을 어미의 젖꼭지로 가져갔다.

이번엔 어미도 새끼를 받아들였다.

# 18

제이나도 원래 더셸터의 식구였다가 5년 전에 나란체첵의 집에 입양되었다고 했다. 얼굴이 동글동글하고 다리가 길쭉한 모습이 꼭 웃자란 풀처럼 보이는 아이였다. 그 아이는 바카르를 보자마자 달려와 품에 안겼다. 반가운 마음이 듬뿍 담긴 요란한 표현이었다.

제이나는 서둘러 우리를 자기 집으로 데려가 소리를 지르며 문을 열었다. 게르 내부는 뜻밖에도 높고 넓었다. 난딘을 데리고 갔을 때 구경했던 곳과 완전 딴판이었다. 여기선 벽뿐만 아니라 풀이 자라난 바닥까지 카자흐 스타일의 직물로 덮여 있었다. 커다란 쿠션들이 구석에 놓여 있었고, 화사한 색의 아라베스크 무늬가 그려진 커다란 나무 함 위에는 잠자리로 쓰이는 거적이 돌돌 말린 채 놓여 있었다. 부부가 자는 곳은 수리부엉이 털로 만든 장식품이 지켜 주고 있었다. (바카르는 그것이 다산을 상징한다고 설명해 주었다.) 양철 주전자와 냄비와 그 밖의 주방 용품들이 난로 옆에 가지런히 정리되어 있었다. 난로의 둔중한 연통이 지붕 한가운데에 난 구멍을 통해 하늘로 뻗어 있었다. 벽에 걸린 조상들의 초상이 위엄 있고 엄한 눈초리로 방문객들을 살피고 있었다. 그리고 낡은 텔레비전이 플라스틱 장판 위에 놓여 있었다. 이 모든 살림이 한 해에 몇 번씩 이리저리 옮겨진다는 사실이 좀처럼 믿기지 않았다.

나란체첵은 검고 커다란 눈을 가진 젊은 여인이었다. 어린 아이가 셋이나 있는데도 날씬한 몸매를 유지하고 있었다. 우리가 게르 안으로 들어갔을 때 나란체첵은 커다란 통 위에 엎드려서 말 젖을 젓고 있던 중이었다. 그 통은 욕조로도 쓰일 게 분명했다.

바카르를 보자마자 나란체첵은 막대를 내려놓았다. 두 여인은 다시 만난 친구처럼 서로를 껴안았다. 그러고 있는 모습을 보니 두 사람은 다르면서도 닮은 데가 있었다. 둘 다 단단하면서도 섬세하다고나 할까.

나란체첵이 내 뒤에 숨어 있던 묵숙에게 눈길을 주었다. 이들의 만남이 어떻게 이루어질지 궁금해서 나는 가슴이 두근거렸다. 나만이

묵숶을 이해할 수 있고, 어떻게 다가가야 할지 알고 있다고 믿어 왔는데.

나란체첵이 손을 씻고 묵숶에게 천천히, 가볍게 걸어왔다. 그러더니 숫양의 뿔을 수놓은 펠트 양탄자 위에서 아이 앞에 무릎을 꿇고 앉았다. 묵숶은 주저하는 기색이 조금도 없이 그녀를 바라보고 있었다.

나란체첵이 손을 잡아도 묵숶은 뿌리치지 않았다. 나란체첵이 온화한 사람이라는 걸 피부로 느낀 듯했다. 천성적으로 배려심이 있는 사람이라는 걸 몸짓 하나하나가 말해 주고 있었다. 그런 묵숶의 태도에 나는 안심이 되면서도 서운했다. 나는 묵숶과 가까워지기까지 상당한 시간을 들였다. 그런데 나란체첵과는 보자마자 마음이 통한 것처럼 보이다니. 아니, 어쩌면 자기에겐 선택권이 없다는 걸 묵숶이 깨달았기 때문일지도 모른다.

우리는 구석에다 짐을 부렸다. 나란체첵이 우리를 위해 데워 놓은 물로 얼굴과 손을 씻으라고 권했다. 반나절 여행을 마쳤으니, 이거야말로 정말 축복이었다. 내 몸은 온통 끈적끈적한 먼지투성이가 되어 있었다.

그런 다음, 나란체첵은 양탄자에 앉은 우리에게 소금과 우유를 넣은 차와 말린 고기를 내왔다. 아이들은 우리 옆에서 즐겁게 떠들고 있었다. 이웃 사람들도 우리를 보러 들렀다. 연초를 신문지로 말아 담배 피우는 할머니, 요란한 오토바이 소리를 내며 도착한 웃을 때 금니가 보이는 남자. 그 밖에도 여러 명의 여인들이 우리의 방문을 눈에 띄게 즐거워했다.

빰이 새빨간 어떤 여자아이는 내 앞에 버티고 서서 내 머리카락을 만지작거렸다. 검지 않은 머리를 처음 본 모양이었다. 나는 머리핀을 빼고 미소를 지어 주었다. 사람들이 나누는 얘기를 하나도 알아듣지 못했지만, 그 내용이 어떤 것일지는 짐작할 수 있었다. 이들의 만남은 즐거웠고, 미소는 소박하고도 진실했다.

조금 뒤 나란체첵의 남편이 도착했다. 달라타이라는 이름을 가진 그 남자는 눈초리가 매서웠다. 키가 작지만 딱 바라진 몸집이 어찌나 단단하고 속이 차 보이던지, 눈을 감고서도 그의 움직임을 좇을 수 있을 것 같았다. 그는 얼굴과 손을 씻고 나서 우리에게 인사를 하러 왔다. 그의 손은 힘차고 투박했으며, 동작은 흐트러짐이 없었다.

나는 바카르가 묵숙을 소개하는 장면을 가만히 바라보았다. 달라타이는 작은 양철통에서 꺼낸 담배를 씹으며 바카르가 하는 얘기를 듣고 있었다. 묵숙은 머리에서 발끝까지 자세히 달라타이를 올려다보았다. 달라타이의 주머니 밖으로 늘어진 밧줄과, 어깨에서 늘어져 허리춤에 매달려 있는 가죽 배낭까지 한참동안 들여다보았다. 묵숙에겐 독수리 사냥꾼을 만난 것이 무척 인상적인 경험인 듯했다.

달라타이는 목 깊숙한 곳에서 나는 소리로 누구에겐지 명령을 내렸다. 나란체첵이 얼른 고기 한 조각을 가져다주자, 달라타이는 아무 말 없이 그것을 배낭 속에 집어넣었다. 그의 아이들 가운데 하나가 눈을 반짝거리며 일어섰다. 달라타이가 밖으로 나가자, 그 아들과 묵숙도 따라 나갔다.

"어딜 가는 거예요?"

내가 바카르 쪽으로 몸을 기울이며 물었다.

"달라타이가 베르카트를 소개하려나 봐."

"베르카트요?"

바카르가 고개를 끄덕이며 대답했다.

"달라타이가 키우는 독수리야."

나는 바카르와 나란체첵을 돕기 위해 게르 안에 머물러 있었다. 두 여인이 수다 떨며 배추를 썰고 있는 동안, 나는 통 안에 담긴 말 젖을 젓고 또 저었다. 그게 몽골 전통의 발효주인 아이락으로 변하기 위해선 잠시도 쉬지 않고 천 번은 저어야 한다고 나란체첵이 말했다. 그런 건 아이들에게 맡기는 일이었다. 나는 아이들보다 몸무게가 세 배는 더 나갈 텐데도 쩔쩔맸다. 팔뚝이 떨어질 듯 아팠다.

그렇게 20분쯤 흘렀을까, 기진맥진한 내 어깨에 바카르가 손을 얹었다. 그러고는 턱으로 앞을 가리켰다. 나란체첵이 커다란 냄비에 배춧잎을 넣으며 내게 미소 짓고 있었다.

"너 같은 서양 애가 여기까지 와 준 게 너무 고맙대. 어떻게 더셸터

일을 돕겠다고 프랑스에서 올 생각을 다 했냐고."

나는 막대로 계속 저으면서 감사를 표하기 위해 머리를 숙였다. 통 안에선 말 젖이 깊고 얕은 원들을 그리며 소용돌이를 일으키고 있었다.

"회관을 돕는 건 무척 중요한 일이라고 생각한대. 회관과 니키타가 없었다면, 지금의 자기도 없을 거라고."

나란체첵이 주먹으로 가슴을 치며 슬픈 표정으로 자신의 눈을 가리켰다. 바카르가 얘기를 이어갔다.

"니키타가 세상을 떠났을 때 엄청 울었대. 그 사고가 일어난 곳이 바로 여기라는 거야. 니키타는 이곳을 참 좋아했어. 무슨 수를 써서라도 해마다 며칠씩은 여기 와서 머물다 갔지. 두 사람은 아주 가까운 사이였어. 사고가 일어났던 날에도 달라타이와 니키타는 늑대를 좇는 중이었어. 염소 네 마리와 새끼들을 잡아먹은 그 녀석을 달라타이 혼자서 몇 주 전부터 쫓아다니고 있었지. 베르카트가 발톱을 있는 대로 내밀고 허공으로 날아갔어. 눈이 내리고 있었지. 베르카트가 늑대처럼 큰 먹잇감을 노리는 건 처음이었어. 하지만 달라타이에겐 믿음이 있었어. 베르카트는 그의 두 번째 독수리였지만, 앞으로 다시는 그보다 훌륭한 독수리를 가질 수 없을 거라고. 니키타와 달라타이는 말을 타고 눈밭을 헤치며 갔고, 머리 위에선 베르카트가 울음소리를 내며 날고 있었어. 니키타가 호수에 먼저 들어서면서 얼음이 깨졌는데, 달라타이는 아무 것도 할 수 있는 게 없었어."

나란체첵이 갑자기 일어서더니 작은 비닐봉지를 가져와서 사진 두 장을 꺼냈다. 그녀는 미소를 지으며 마치 선물이라도 주듯 그 사진들을 내게 건넸다.

"니키타."

사진 안에서 한 남자가 방금 잡은 듯한 마르모트를 자랑스럽게 쳐들고 있었다. 그는 안에 털을 댄 장화를 신고, 두툼한 외투에다 여우 털가죽으로 만든 카자흐 전통 모자를 쓰고 있었다. 그러고 보니 내가 니키타를 본 게 처음이어서 나도 놀랐다. 바카르의 사무실 벽에 붙은 사진들에도 분명히 그가 있었을 텐데 알아보지 못했던 것이다. 사진을 살펴보면서 나는 그 이유를 알아차렸다. 니키타에게선 사회사업을 하는 사람의 분위기가 느껴지지 않았다.

풍파에 시달린 얼굴, 카리스마 있는 표정, 용병 대장과도 같은 각진 체격이 내가 상상했던 모습이었다. 그러나 그에게선 특별한 면이라곤 조금도 보이지 않았다. 그의 곁에선 가죽 토시로 팔을 덮은 달라타이가 자기 독수리를 바라보고 있었다. 그는 니키타보다 젊었지만, 의도하지 않아도 저절로 존경심이 솟아날 것 같은 자태를 보여 주고 있었다.

두 번째 사진은 더 최근의 것이었다. 계절이 여름이었다. 니키타는 체격이 좀 더 단단해져 있었다. 그의 어깨 위에 한 여자아이가 올라탄 채로 곡예사 흉내를 내고 있었다. 지금보다 두어 살 어린 모습이었지만, 고집 센 눈길을 볼 때 분명히 제이나였다. 니키타는 웃통을 벗고 있었다. 보석이 달린 목걸이가 목에 걸려 있는데, 그게 아주 묘한 느낌을 주었다. 아주 특이한 보석이었다. 가공하지 않은 비취 같았다. 나는 잠시 그 보석을 들여다보았다. 묘하게 익숙한 느낌이 어디서 오는 것인지 이해할 수가 없었다.

해질 무렵에 달라타이는 마르모트 한 마리를 굽기 시작했다. 내장을 비우고 강가에서 주워 온 자갈들을 채워 넣었다. 다 구워지자 그는 게르 안에 있는 사람들에게 검은 조약돌을 하나씩 나눠 주었다. 기름이 밴 돌은 뜨거웠다. 마치 생명을 불어넣기라도 하듯 심각한 표정으로 어른이며 아이 할 것 없이 손 안에 조약돌을 넣고 굴리기 시작했다. 바카르가 가벼운 머릿짓으로 그들을 따라 하라는 신호를 보냈다.

"이렇게 하면 건강에 좋다고 해. 이 돌이 힘을 키워 주고 두려움을 없애 준대."

나도 조약돌을 손바닥에 올리고 정성껏 굴렸다. 제발 사라졌으면 싶은 두려움들이 너무 많았다.

우리는 밤늦게까지 아이락을 마셨다. 그 바람에 나는 정신이 약간 몽롱해진 상태에서 바카르의 통역으로 달라타이의 얘기를 들었다. 독수리 사냥꾼으로 살아온 파란만장한 삶과 자연 속에서 살아가는 카자흐 민족의 고집스런 투쟁에 관한 얘기였다.

아침에 차를 마시면서 우리는 짐을 꾸려야 했다. 비행기는 이른 오후에 떠날 예정이었고, 우리를 싣고 갈 자동차도 일찌감치 오기로 돼 있었다. 밖에선 어느새 여인들이 펠트를 두드리는 소리가 들려오기 시작했다. 나는 얼음장 같은 도랑물에 이를 닦고 재빨리 속옷을 갈아입었다. 날씨가 선선했고, 풀들은 이슬에 젖어 있었다. 하늘에는 구름이 흘러가고 있었다. 나는 눈이 아릴 정도로 깨끗한 자연의 풍광에 취한 채로 게르로 돌아왔다. 오늘도 아이들은 종일토록 양떼를 지킬 것이고 어른들은 양털을 깎고, 치즈를 만들고, 시간에 맞춰 젖을 짜며 하루를 보낼 것이다. 말은 두 시간마다, 야크는 아침저녁으로, 양은 오후에 젖을 짜야 했다. 카자흐족의 게르 전체가 이렇게 시끌벅적하겠지.

나는 이 아이를 다시는 보지 못하리라. 이 묘한 녀석을.

작별은 힘들었다. 묵숙에게 내가 그린 크로키 수첩과 울란바토르 공항에서 산 색연필 상자를 주었다. 그건 너무 변변치 않았다. 많은 것을 주고 싶었지만, 딱히 줄 만한 게 없었다.

묵숙은 진지한 표정으로 수첩을 들추면서 내가 그린 야크며 고속 열차며 에펠탑 등을 구경했다. 그러다가 내가 아직 보여 준 적이 없는 마지막 그림에 이르러서는 눈을 떼지 못했다. 묵숵은 수첩에 그려진 얼굴의 윤곽선을 손가락으로 짚으면서 따라갔다. 나담 축제일의 자기 모습이었다. 사실 그다지 닮은 모습은 아니었지만 그래도 나는 이 아이에 대한 내 애정을 모두 담았다. 묵숵이 그걸 느끼길 바랐다.

묵숵은 입으로는 웃지 않았지만, 어두운 눈길로나마 꾸밈없는 순박한 미소를 보내 주었다. 순간, 나도 모르게 이 아이 앞에서 울컥하고 말았다.

나란체첵은 나를 품에 안으며 어제 구운 조약돌 하나를 내밀었다. 이제는 생명이 있는 것처럼 보이지 않았지만, 차가운 달빛 아래 빛나는 호수처럼 매끈한 회색 표면에 완벽한 타원형을 이루고 있었다. 나란체첵이 바카르를 통해 이 한 마디를 건넸다.

"무사히 돌아가렴."

우리를 올기로 데려다 줄 트럭에 올라탔다. 나는 다시 한 번 묵숵을 보기 위해 몸을 돌렸다. 묵숵은 나란체첵 옆에 가만히 서 있었다. 거대한 알타이 산맥 발치에서 아이는 너무도 작았다. 몇 달이 지나면 묵숵도 이곳에서 첫 겨울을 맞게 되겠지. 이 아름답고도 험한 공간에서 살아가는 사람들에게 시련을 주는 자연과도 친해지겠지. 묵숵도 의젓한 남자가 될 테고, 달라타이처럼 훌륭한 독수리 사냥꾼이 될 것이다. 그리고 언젠가는 검은 머리를 땋아 내린 아름다운 여인에게 어깨를 내어 줄 수 있는 듣든한 남편이 되겠지.

뺨 위로 눈물이 흐르기 시작했다. 그러나 기쁨의 눈물이었다. 묵숙이 바르게 자라도록 나란체첵과 달라타이이가 도와줄 거라는 믿음이 있기 때문이었다.

# 19

올기에서 돌아온다는 것은 몽골에 머물 시간도 끝나간다는 걸 의미했다.

며칠 뒤면 나는 파리로 떠날 것이다. 열 시간 남짓 비행기를 타고 가는 것만으로 여기서 발견한 것과 완전히 반대되는 삶으로 다시 돌아가게 될 것이다. 그러나 상상이 잘 되지 않았다. 집으로 돌아가면 나는 다시 예전의 아멜리아가 되는 될까? 비스킷과 초콜릿으로 몸을 채우면서 자기 연민의 쓰라린 눈물을 쏟는 원래의 나로 돌아가는 걸까?

마지막 이틀도 그곳에서 보낸 다른 모든 날들과 다를 바가 없었다.

아이들과 함께 놀고, 씻기고, 식사 준비하고, 빨래와 청소를 하고, 약을 주고, 밤이 되면 냄새나는 계단 밑을 살펴보았다. 나는 떠나겠지만 바카르와 오얀자, 프랑크와 사이먼이 하는 일은 똑같겠지. 내가 떠나도 그들의 일상은 변할 게 없겠지. 그들에게 나는 수많은 자원봉사자들 가운데 하나일 뿐이고, 몇 달 뒤면 내 얼굴도 잊혀지고 말겠지. 하지만 그들은 이제부터 내 인생의 한 부분을 이루게 될 것이다. 그들 곁에 머문 경험은 내게는 처음으로 새긴 지워지지 않는 문신과도 같았다.

떠나기 전날, 사이먼이 나를 데리고 나가 시내를 한 바퀴 돌았다. 우리는 울란바토르의 동쪽과 서쪽을 잇는 도로인 피스 애브뉴에서 서성이다가 중심가로 갔다. 현대식이긴 하지만 언제 지어졌는지 알 수도 없는 빌딩들이 늘어선 곳이었다. 사이먼은 수호바타르 광장도 보여 주었다. 광석으로 돈을 번 졸부들을 노리고 몽골에 진출한 명품 루이비통 매장도 있었다. 우리는 온갖 잡동사니를 팔고 있는 나란툴 시장의 좁은 골목을 누비고 다녔다. 신발, 양탄자, 가전제품 부속품, 손으로 색칠한 가구, 인조 가죽 가방……. 그곳엔 정말 없는 게 없을 것 같았다. 나는 아이들에게 줄 선물을 샀다. 요란한 색깔의 중국산 바람개비, 플라스틱 아기 인형, 탬버린 따위였다. 몇 번 갖고 놀고 나면 못 쓰게 될 게 분명한 것들이긴 했다. 그런 다음, 사이먼은 나를 데리고 징기스칸 기마상으로 갔다. 높이가 40미터나 되는 믿을 수 없을 만큼 커다란 동상이었다. 거대한 강철 말 위에 올라탄 징기스칸의 청동 눈이 개미처럼 작은 사람들을 가소롭다는 듯 내려다보고 있었다.

아직 떠나지도 않았는데 벌써 돌아오고 싶은 생각이 들다니.

마지막 식사는 너무 슬펐다. 나는 이번 여행에서 얻은 경험을 토대로, 미지의 세계에 대한 불안감에서 벗어나 제대로 된 삶을 한 번 살아보고 싶다는 욕심이 생겼다.

오얀자는 국수와 고기전과 튀김 비슷한 과자를 준비했다. 나는 억지로 삼켰다. 식도가 꽉 막힌 것처럼 넘어가질 않았다. 그토록 적응하기 힘들었던 장소를 떠나는 게 이렇게까지 힘들 줄은 상상도 못했었다. 파리의 집으로 돌아가 편안한 삶을 다시 시작할 생각을 하면 즐거웠지만, 한편으로는 이런 내가 두려워지기 시작했다. 내가 어떤 모습으로 되돌아갈까, 다시는 보지 못할 이 모든 것을 잊어버리게 되면 어쩌나 하는 두려움이었다.

공항으로 떠나기 전에 나는 아이들을 한 명 한 명 껴안아 주었다. 감정을 억누르려고 안간힘을 썼지만 내 눈물이 아이들의 까무잡잡한 이마를 적시고 말았다. 내 상황을 걱정하며 울다니, 그건 정말이지 말도 안 되는 일이었다. 이 아이들을 마주하면서 어떻게 특혜 받은 삶으로 되돌아가는 걸 슬퍼할 수 있단 말인가?

나는 이곳의 삶에 끼어듦으로써 얻은 성과가 있었다. 나 자신을 다시 볼 수 있게 되었고, 있는 그대로의 나를 신뢰할 수 있게 된 것이다. 하지만 이런 식으로 내 입장에서 생각한다는 것 자체가 왠지 죄스러웠다.

프랑크는 눈물을 보이진 않았지만, 그윽한 눈길로 내 두 손을 잡고 늘 하듯이 어깨를 툭 쳤다.

"잘 가, 아멜리아. 내년 여름에도 딴 생각 말고 우릴 도와주러 와야 해."

나는 그의 두 뺨에 입을 맞추었다.

사이먼은 눈에 눈물이 그렁그렁 맺힌 채로 작별 인사를 했다. 내 감정이 전염된 것일까.

"또 보자, 아멜리아. 널 만나서 참 좋았어."

입이 무거운 오얀자는 말없이 나를 품에 안아 주었다.

나는 뒤를 돌아보지 않고 트럭에 올라탔다. 눈치 빠른 바카르는 내가 울고 있는 동안 라디오를 켜 놓았다. 음악 위로 내 눈물이 흘렀다. 도저히 멈출 수가 없었다.

공항으로 가는 동안 바카르는 더셸터의 계획에 대해 얘기해 주었다. 교사를 고용할 꿈을 꾸고 있다고 했다. 언제라도 재정이 허락해 주기만 한다면.

# 20

비행기의 창을 통해 보이는 울란바토르는 점점 더 작아져 갔다. 직각으로 교차하는 길들, 희끄무레한 직사각형으로 보이는 낡은 건물들, 어울리지 않게 사치를 부린 새 빌딩들, 둥근 점으로 보이는 게르들, 거대한 광고 전광판들, 개발되지 않은 황무지, 발전소에서 나오는 연기, 그리고 멀리서 시내를 둘러싸고 있는 언덕의 풀밭에 새겨진 징기스칸 얼굴. 그러고 나선 아무것도 보이지 않았다. 나는 유리창 덮개를 닫았다.

지금 이 순간 묵숙은 무엇을 하고 있을까? 보들보들하고 따뜻한 염소의 뱃가죽에 뺨을 대고 축축한 젖꼭지에서 젖을 짜려고 애쓰고 있지 않을까? 아니면 자기보다도 더 큰 막대로 아이락을 젓느라 팔이 얼얼해져 있을지도 모른다. 혹은 말에 올라탄 채로 나란체첵의 가르침에 귀 기울이고 있거나. 달라타이의 독수리 훈련을 구경하며 자기도 열세 살이 되어 독수리의 무게를 팔에 느끼게 될 날을 꿈꾸고 있을지도 모른다. 묵숙이 무슨 생각을 하고 있어도 좋을 것 같았다. 그를 괴롭히는 것만 아니라면.

스튜어디스가 봉지에 든 이어폰을 나눠 주었다. 나는 이어폰을 꽂고 음악 프로그램을 선택한 다음 눈을 감았다. 지치고 슬프고 피곤한 데다, 너무 많이 운 탓인지 머리가 아팠다. 집으로 돌아가고 싶지 않았다. 또 다시 그 모든 사람을 만나고 싶지 않았다. 동네 가게 주인과 학교 친구들에게도 이런저런 설명을 하고 싶지 않았다.

나는 장 페라의 옛 노래를 들으며 졸기 시작했다. 그의 장난스런 노래에는 조약돌을 굴리는 바다와, 손을 잡고 있는 두 사람과, 헝클어진 머리카락이 등장했다. 나는 아빠 엄마를 생각했다. 내게 깊은 인상을 줬던 두 사람의 요트 여행도 떠올랐다.

그러다가 화들짝 놀라서 눈을 떴다. 요트도, 바다도, 음악도, 물결도 한순간에 사라져 버렸다.

나란체첵이 보여 준 사진 속에서 니키타가 걸고 있던 목걸이를 어디서 보았는지 막 기억난 것이었다. 엄마가 요트에서 찍은 사진에서였다. 그 목걸이는 엄마 목에 걸려 있었다.

## 21

너무 어지러워 몸을 가누기 힘들 지경이었다. 나는 정신을 차리려고 안간힘을 썼다.

니키타가 우리 엄마의 목걸이를 걸고 있었다고 치자. 그게 뭐 어쨌단 말인가. 엄마가 목걸이를 잃어버렸을 수도 있고, 깜빡하고 그곳에 두고 왔을 수도 있다. 니키타는 첫눈에 반한 아름다운 여인을 기억하며 그걸 간직하고 있었을지도 모른다. 나는 오른손 엄지손가락을 긁기 시작했다.

그게 유일한 가설은 아니라는 걸 나는 이미 알고 있었다. 목걸이에 대한 기억이 떠오름과 동시에, 그것이 니키타의 목에 걸려 있었다는 사실이 무엇을 암시하는지를 직관적으로 몸 전체를 통해 느낀 것이다.

엄마는 해마다 상당한 액수의 후원금을 보냈으니 니키타와 연락이 끊겼을 리 없었다. 혹시 엄마가 목걸이를 잃어버린 거라면, 그걸 보지 못했냐고 물어볼 수 있지 않았을까. 서로 감정을 나눈 사이가 아니라 여름 동안 잠깐 본 여자에 지나지 않는다면, 한 남자가 그 기억을 이토록 소중히 아낄 리 없을 것이다.

나는 이빨로 손가락을 잘근잘근 깨물었다. 너무 심하게 물어뜯었는지 쓰라렸다. 손가락으로 피가 흐르기에 얼른 빨았다. 비릿한 냄새가 입 안을 가득 채우면서 마음이 안정이 되었다. 두툼한 초콜릿 조각을 씹을 때처럼.

엄마와 니키타 사이에 무언가가 있었다. 그리고 그건 사실 놀랄 일도 아니었다. 엄마는 늘 여자든 남자든 모험가들을 동경하지 않았던가. 그 무엇에도 구속받지 않고 세상을 바꿀 수 있다고 믿으며 살아가는 사람들 말이다. 아빠는 그런 유형이 아니라는 사실이 새삼 떠올랐다. 엄마의 못 말리는 객기에 보조를 맞추기 위해 아빠도 할 수 있는 건 다 했지만, 그런 활동은 본질적으로 아빠와 어울리지 않았다. 요트 세계 일주, 수단에서 보낸 몇 년, 이런 것은 엄마의 주도로 이루어졌지 아빠가 원한 건 아니었다.

나는 배낭에서 수첩을 꺼냈다. 비행기 안에서 그림이나 그릴까 하고 넘어 온 것이었다. 원색에 가까운 초록색 표지에서 어떤 사람들은 적도의 밀림이나 쥐라 산맥의 초원을 떠올릴지 모르겠지만, 내게 그것은 두말할 것 없이 비양 올기의 풀밭이었다. 나는 비어 있는 페이지를 펼쳤다. 앞좌석 등받이에 접혀 있던 간이 탁자를 펴자, 짤깍 하는 소리에 옆 자리의 남자가 곁눈질을 했다. 중국 사람이었는데, 눈꺼풀이 처져 있고, 머리카락이 휴가를 떠났는지 거의 남아 있질 않았다. 나는 종이 수첩에 내가 추리한 내용을 적기 시작했다.

요트 세계 일주 – 1989년 아니면 1990년

흰 종이에 피가 조금 묻었지만, 나는 어설픈 동작으로 계속 썼다.

엄마의 몽골 여행 – 1996년 7월부터 8월까지

엄마가 몽골에 간 것은 한 번뿐이었다. 따라서 니키타에게 목걸이를 주었다면 그때일 수밖에 없다.

사진에 담긴 니키타의 목걸이 – 2009년과 2010년 사이

지금은 2013년이다. 나란체첵이 자랑스럽게 보여 준 사진은 3, 4년 전 것일 수밖에 없다. 사진에 나타난 제이나의 얼굴을 보면 짐작할 수 있다. 그렇다면 니키타는 그 세월 내내 엄마의 목걸이를 간직했을 뿐만 아니라, 그걸 걸고 다녔던 것이다. 거의 15년 동안이나.

나는 펜을 내려놓았다. 잠시 숨을 고를 필요가 있었다. 그래야

이제 곧 내리게 될 결론을 조금이나마 늦출 수 있을 테니까. 관자놀이 밑에서, 심장 속에서, 손가락 끝에서 절규하는 결론, 벌써 내 뱃속까지 점령해 버린 결론을.

엄마가 다른 남자와 사랑에 빠졌을지도 모른다는 의심 때문에 괴로운 건 아니었다. 물론 그것도 놀랍고 실망스러운 일이겠지만, 그것엔 적응할 수 있을 것 같았다. 오히려 엄마가 인간적이고 정상적인 사람으로 보일 수도 있었다.

나는 이제 마무리 지으려고 서둘러 펜을 들었다.

아멜리아 아트킨스 출생 - 1997년 4월

수첩에 두 손을 펴서 나란히 올려놓고 내가 휘갈겨 놓은 것을 들여다보았다. 가늘고 굵은 곡선들과 일정한 간격으로 흩뿌려진 검은 잉크 자국들을. 그러나 글씨를 읽을 줄 알기에, 그것을 선으로만 보고 있을 수는 없었다. 곡선들이 만들어 내는 의미를 모른 척할 수는 없었다.

나는 엄마가 몽골 여행에서 돌아오자마자 임신을 한 것으로 알고 있었다. 엄마가 그렇게 말해 주었으니까. 나는 예정일보다 2주 먼저 태어났다고 했다. 그런데도 3.8킬로그램이나 됐다. 아빠는 내가 일찍 나온 것치고는 처음부터 똘똘했다고 자랑했다.

“저기요.”

옆 좌석의 남자가 조심스레 말을 걸었다. 그의 간이 탁자에는 이미 작은 포도주병과 플라스틱 잔, 그리고 조그만 크래커 봉지가 놓여 있었다. 빨간 입술과 파란 눈꺼풀의 스튜어디스가 몸을 굽힌 채 나를 빤히 보고 있었다. 스튜어디스가 끄는 손수레에서 소다수 병들과 작은 포도주 병들이 달그락달그락 부딪치는 소리가 들렸다.

“뭐라고요?”

“음료는 무얼 드시겠느냐고요.”

“콜라 주세요.”

스튜어디스가 콜라가 담긴 잔과 비스킷 봉지를 내밀었다. 옆 좌석의 남자는 곧 맛보게 될 기내식에 대한 기대감 때문에 기분이 좋아졌는지 내게 공모의 미소를 보냈다.

나는 다시 이어폰 뒤로 숨어 버렸다.

우연의 일치 치고는 기가 막혔다.

어쩌면 나는 조산아가 아닐지도 모른다.

아, 얼마나 절묘한가! 그 2주 차이가…… 내가 아빠의 딸이라고 믿게 한 것이다. 하루하루 지내면서 엄마는 내 얼굴에서 어떤 다른 남자의 얼굴이 엿보이는지 살폈을지도 모른다. 너무 파래서 눈이 시릴 정도인 그 하늘 아래 살고 있는 어떤 남자의 얼굴을.

눈앞에서 검은 쇳조각들이 번쩍거리기 시작했다. 위가 오그라들면서 뻣뻣해지고, 입 안이 마르고, 손바닥이 축축해지고, 가슴이 따끔따끔하면서 어지럽고, 소름이 돋으면서 등 뒤로 땀이 흘러내리는 느낌이었다. 심장이 귓속에서 뛰는지 쿵쾅거리는 소리가 들려왔다. 그러다 끝내는 숨쉬기도 힘들어졌다.

이런 세상에, 나는 한여름 프라도 해변의 개처럼 헐떡거렸다.

나는 간이 탁자를 급히 접었다. 콜라와 펜이 바닥에 떨어졌다. 나는 미친 듯이 앞좌석의 주머니를 뒤져 종이 봉지를 꺼냈다.

옆 사람은 토사물이 자기에게 튈까 봐 재빨리 상체를 젖히면서도 자기 음료수와 음식을 보호했다. 나는 봉지 속에 코를 들이밀고 숨을 크게 쉬기 시작했다. 예전에 경련성 발작이 있었을 때에도 이렇게 해 보았다.

들이쉬고, 내쉬고.

들이쉬고, 내쉬고.

몇 차례 되풀이하고 나니 가슴이 좀 가라앉았다. 나를 살려 줄 공기가 허파를 채워 가는 걸 눈앞에 그리며 겨우 정신을 되찾았다.

내가 봉투에서 얼굴을 떼었을 때, 겁에 질린 눈을 굴리며 나를 바라보고 있던 옆 사람이 물었다.

"도와 드릴까요? 승무원을 부를까요?"

나는 겨우 미소를 지었다.

"고맙습니다. 괜찮아질 거예요."

# 22

엄마가 공항에서 나를 기다리고 있었다. 엄마가 나를 발견하기 전에 내가 먼저 엄마를 알아보았다. 그러나 나는 아는 척도 않고 가만있었다. 배가 불뚝 나온 어떤 50대 남자가 뒤에서 엄마를 훑어보고 있었다. 딱한 양반.

월요일이었으니, 엄마는 법원에서 퇴근하는 길이었을 것이다. 머리를 틀어 올려서 말간 얼굴이 드러나 있었다. 엄마는 절대 햇빛에 얼굴을 드러내는 적이 없었다. 반대로 나는 얼굴을 내놓고 다녔다. 햇빛이 여드름을 낫게 해 준다고 믿었으니까.

엄마는 허리에 꼭 끼는 좁은 스커트에다 소매 없는 어두운 초록

셔츠를 입고 있었다. 엄마가 신은 뾰족한 검정 하이힐을 다른 사람이 신었다면 누구라도 야해 보였을 것이다.

나를 본 순간, 엄마는 멈칫했다. 그 짧은 순간이 내게는 영원으로 느껴질 정도로 길었다.

내 얼굴 표정을 읽으려는 게 아닐까? 내가 무엇을 알고 있는지 궁금해 하는 게 아닐까? 아니, 아무것도 아닐 수도 있다.

그 한순간의 표정은 어느새 사라지고 없었다. 엄마는 팔을 들어 내게 인사를 보냈다. 엄마는 미소를 짓고 있었다. 꾸밈없고 진실하고 환하게 빛나는 미소였다. 자기 아이를 발견한 엄마의 본능적인 미소였다.

나는 번들거리는 바닥 위로 가방을 질질 끌면서 엄마에게 다가갔다. 머릿속에선 여러 생각들이 덜그럭거리고 있었다.

그런데도 나는 미소를 지었다. 나도 모르게.

엄마를 다시 만나 행복해하는 것 말고는 달리 어떻게 할 도리가 없었다. 머리가 돌 지경이고, 정신이 완전히 나가고, 모든 게 뒤죽박죽이었지만 나는 엄마를 사랑했다. 엄마 곁에 있으면 내가 더 이상 존재할 공간이 없으리라는 느낌이 막연히 들긴 했지만, 그래도 엄마를 사랑했다.

엄마가 나를 품 안에 안았다. 나는 가만히 있었다. 감정을 쏟아내는 그 불편하고 쑥스러운 고비를 넘기려면 잠시 시간이 필요했다.

하지만 이미 모든 게 달라져 버렸다. 우리가 무엇을 하든 무슨 얘길 나누든 엄마는 이미 같은 사람이 아닐 거라는 걸, 이젠 절대로 예전의 엄마가 될 수 없으리라는 걸 나는 느끼고 있었다. 엄마는 다른 여인, 다른 엄마가 되어 있었다. 엄마를 되찾고 싶다는 절박한 마음으로 나는 엄마의 셔츠에 밴 냄새를 들이마셨다. 몇 년 전부터 엄마가 섞어 쓰고 있는 두 가지 향수의 묘한 결합이었다.

엄마는 나를 조금 뒤로 밀고 머리부터 발끝까지 살폈다. 청바지도 이젠 꽉 끼지 않았다. 적어도 2킬로그램은 빠졌을 테니까. 체중계가 놀라 자빠질 일이었다.

"너무 예뻐졌다!"

엄마는 또다시 나를 품에 안았다.

"보고 싶었어!"

내 가방 손잡이를 든 엄마는 반짝이는 하이힐 위에서도 몸의 균형을 잃지 않고 출구를 향해 걸어갔다. 엄마는 내 대답은 기다리지도 않고 쉴 새 없이 질문을 던지며 온갖 걸 알고 싶어 했다. 몸은 건강한지, 회관에는 아이들이 몇 명이나 있는지, 배는 고프지 않았는지, 회관은 잘 운영되고 있는지, 내가 맡았던 일이 무엇인지, 씨름 선수들과 기수들과 나담 축제의 무용수들도 보았는지, 징기스칸 기마상은 어땠는지…… 아빠 병원으로 곧장 가 볼 마음은 없는지. 아빠는 하루 종일 비상이 걸려 올 수 없었다고 했다.

나는 기계적으로 짤막하게 대답했다. 머릿속엔 한 가지 생각 밖에 없었다.

엄마가 거짓말을 했던 걸까? 내게 엄마가 거짓말을 했던 걸까? 지금 이 순간에도 엄마는 미소 뒤에 진짜 질문들을 감추고 연극을 하고 있는 게 아닐까?

이상했다. 몇 시간 전만 해도 나는 엄마를 만날 생각에 안달이 나 있었다. 비행기 문이 열리는 순간만을 기다렸다. 짐이 나오길 기다리고 말 것도 없이 바로 엄마한테 뛰어들어 모든 걸 다 털어 놓으라고 닦달하고 싶었다. 호기심 많은 남들의 귀야 어떻든 상관없었다.

엄마는 니키타를 정말로 사랑했던 것일까? 아니면 짧은 여행에서 잠시 불장난을 벌인 것일까?

아빠한테 충실했냐고 엄마에게 묻고 싶었다. 아빠를 정말로 사랑했는지, 아빠도 엄마를 사랑했는지 알고 싶었다. 아빠가 엄마의 이상형은 아니지만 아빠의 돈과 명성 때문에, 아빠 곁에서 아이를 키우며 사는 게 더 안정적일 것 같아서 아빠를 선택한 게 아니냐고 따지고 싶었다.

더셸터 일을 그토록 중요하게 여기면서도 울란바토르에 다시 가지 않은 이유가 무엇인지 알고 싶었다. 왜 돈을 보내는 걸로 만족하는지, 왜 니키타에게 목걸이를 주었는지, 왜 그 이름을 한 번도 입에 올린 적이 없는지, 왜 나 말고 다른 아이는 안 낳았는지, 가끔씩 슬픈 눈매를 하고 있는 게 그 남자 때문은 아닌지 캐묻고 싶었다.

아빠는 알고 있는지 묻고 싶었다.

나는, 나라는 존재는 무엇인지 묻고 싶었다.

하지만 엄마와 마주하자마자 너무나 해맑은 엄마의 미소에서 풍기는 광채가 내 가슴을 두드리는 바람에 이런 용기는 맥없이 수그러들고 말았다. 마치 오븐에서 너무 일찍 꺼낸 수플레 케이크처럼. 1만 미터 상공에서는 그토록 분명해 보이던 것이 지금은 도저히 감당할 수 없는 것으로 다가왔다.

어디서부터 시작해야 하나. 어떤 증거도 없지 않은가. 엄마 자신은 알고 있었을까?

내가 니키타의 딸이라는 걸 확인시켜 줄 수 있는 특징 같은 건 없었다. 어쩌면 모든 걸 내가 다 지어낸 것일 수 있었다. 엄마는 더셸터를 이끄는 선량한 남자라는 사실 말고는 니키타를 달리 생각해 본 적이 없는지도 모른다. 니키타 혼자서 엄마를 열렬히 사랑한 건지도 모른다. 엄마를 비난할 확실한 꼬투리를 만들고 싶은 무의식적인 소망이 이런 황당한 얘기를 상상해 낸 것일지도 모른다. 엄마를 미워할 만한 충분한 이유를 찾기 위해서.

어떻게 왔는지도 모르는 사이에 우리는 집에 도착했다. 경비 아줌마는 건물 외벽에 붙은 금속 표지판에 광을 내고 있는 중이었다. 아줌마는 오로지 그 용도로 쓰려고 셈 가죽을 준비해 두었다. 요란한 체크무늬 버버리 셔츠를 입고 자랑스러워하는 모습을 보고 있자니 몸이 오글거렸다.

자동차가 천천히 안마당으로 들어섰다. 자갈에 타이어가 부딪치며 내는 소리도 마치 처음 듣는 듯 새삼스러웠다.

집은 내가 떠나던 때 그대로의 상태였다. 서랍장에 놓인 사진 옆에서 이스터 섬의 모아이 상들이 흑요석 눈으로 우리 식구들의 일상을 지켜보고 있었다. 벽에 걸린 에네르의 복제 그림도 현대적인 액자 덕에 빛을 발하고 있었다. 왁스 냄새와 함께 거실 테이블을 화려하게 장식하고 있는 작약 꽃다발도 향기를 내뿜고 있었다.

나는 바닥에 배낭을 내려놓고 팔을 내려뜨린 채 가만히 서 있었다. 겨우 한 달 전에 떠났을 뿐인데, 마치 이곳에서 좌표를 잃은 것처럼 뭘 해야 할지 모르겠다니 웃기는 일이었다.

엄마는 서랍장 위에 열쇠를 놓았다.

"배고프겠구나. 마들렌이 맛있는 거 준비했을 거야. 살구 넣은 타진 요리 같던데."

나는 침을 삼켰다. 마들렌 아줌마는 대단했다. 내가 원하는 걸 속속들이 알고 있으니 말이다. 그러나 배가 고프지 않았다. 부엌 수납장 안에서 나를 기다리고 있을 비스킷 상자를 떠올려도 마찬가지였다.

"아니, 됐어요. 그냥 샤워하고 자고 싶어요. 피곤해서."

"그래, 당연히 그렇겠지. 시차를 극복하려면 며칠은 걸릴걸. 그게 참 지치는 일이거든. 그러고 나서 뭐 하고 싶은 건 없니? 오후에 시간 내 놨는데."

"아니, 정말로 그럴 필요 없어요. 엄마는 사무실로 다시 가 봐요. 난 너무 피곤해서 저녁때까지 자야 될 것 같아."

엄마는 실망한 표정이었다. 나는 고집을 부렸다. 이렇게 괴로운 상황에서 엄마의 존재를 견뎌야 한다는 건 생각하기도 싫은 일이었다.

"정말이에요. 가요. 내가 정신 좀 차리면 그때 휴가를 써도 좋을 것 같아."

"알았어. 정말 괜찮은 거지?"

나는 고개를 끄덕였다.

"일찍 들어올게. 아빠가 전화해 달라고 하더라."

엄마는 내 이마에 재빨리 가볍게 입을 맞췄다. 거의 스쳐 지나가듯.

"보고 싶었어. 네가 집에 돌아오니까 참 좋다. 잘 지내다 온 것 같아서 기쁘고."

나는 엄마의 눈길에서 뒤에 숨은 뜻을, 이중성의 흔적 같은 걸 찾아보려 했지만 아무 것도 발견할 수 없었다.

엄마는 문으로 가서 손잡이에 손을 얹고는 내 쪽으로 돌아보았다.

"있잖아, 잊어버리기 전에 다 적어 놓는 건 어떨까?"

나는 미치광이처럼 깔깔 웃고 싶었다.

철컥, 하고 현관문이 닫히자마자 나는 곧장 서재로 갔다. 거기엔 사진 앨범들이 꽂혀 있었다. 우리 집엔 사진 앨범이 많았다. 해마다 하나씩 생겼으니까. 게다가 뉴욕, 자이푸르, 발파라이소, 프라하, 그라나다, 비엔나, 바이타페, 발리, 피렌체, 괴테보리, 오클랜드 등으로 휴가를 가거나 특별한 일이 있을 때에는 그것을 위한 특별 앨범도 만들었다.

내가 찾고 있던 것을 발견하는 데에는 오래 걸리지 않았다. 나는 앨범의 갈색 표지를 열고 사진들을 들여다보았다.

어째서 나란체책의 집에서는 이게 생각나지 않았지? 엄마는 거의 모든 사진들에서 보란 듯이 비취 목걸이를 걸고 있었다. 시간이 흘러 사진 색이 조금 변하긴 했어도, 엄마의 상아색 피부 위에서 눈에 띄게 도드라져 보였다.

어려운 표현이긴 하지만, 나는 실착 행위라는 걸 믿는 편이다. 예를 들면, 시험 보는 날 공교롭게 늦잠을 잔다든가 하는 거 말이다. 나는 왜 하필이면 비행기에 오르고 나서야 두 사람을 연관 짓기 시작했을까? 물어볼 사람이 아무도 없는 상황에서.

니키타는 왜 결혼을 안 했을까? 바양 올기에 머물 때 이런 의문이 생겼다면 나란체첵에게 물어볼 수 있었을 것이다.

나란체첵은 이 특별한 목걸이가 어디서 온 건지 알고 있었을까? 나란체첵은 엄마를 한 번이라도 만난 적이 있을까? 니키타가 어떤 여인이나 아이의 존재를 암시한 적은 없었을까? 만일 프랑스에 막 도착했을 때 이런 의문이 들었다면, 어떤 결과가 다가올지 생각할 겨를도 없이 곧바로 엄마한테 물어보았을 것이다. 그랬더라면 아빠는 딸의 입에서 아빠 딸이 아니라는 소리를 들었을 수도 있다.

나는 앨범을 한 장씩 넘기다가 내가 특별히 좋아하던 사진을 찾아냈다. 엄마가 바다로 두 발을 내려뜨리고 앉아 있었다. 엄마 얼굴은 보이지 않지만 드러난 어깨에서 돌풍 때문에 등 쪽으로 넘어온 목걸이의 초록색 흔적을 알아볼 수 있었다. 저 멀리 뿌연 수평선이 보였고, 바다를 어루만지는 싱그러운 바람 냄새가 맡아지는 듯했다.

나는 비닐을 들어 올리고 사진을 떼어 냈다.

앨범을 원래 자리에 꽂아 놓고 또 다른 앨범을 꺼냈다. 17년 전 엄마가 울란바토르에 머물던 때의 앨범이었다. 엄마가 내게 그걸 보여준 뒤로 나는 한 번도 다시 열어 본 적이 없었다. 벌써 6, 7년 전쯤의 일이었다. 나는 그 안에 어떤 사진들이 들어 있는지도 몰랐다. 그 당시엔 나와 상관없는 풍경이나 사람들에게 거의 관심이 없었던 것이다.

이번엔 사진들을 한 장 한 장 샅샅이 뜯어보았다. 내가 방금 떠나온 것들을 거기서 다시 볼 수 있을까. 울란바토르는 별로 변한 게 없었다. 17년 전에도, 무게가 몇 톤은 나갈 것 같은 무거운 공기 속에서 소음과 먼지를 내뿜는 거대한 공사장 같은 인상을 주고 있는 건 마찬가지였다.

나는 오후 시간의 상당 부분을 사진 속에 파묻혀서 보냈다. 하나하나 들여다보면서 내가 갔던 장소들을 찾아보고, 내가 느꼈던 감각들을 느끼면서.

니키타는 한 번밖에 등장하지 않았다. 앨범 맨 뒤에 있는 단체 사진 속에서였다. 가운데에 있는 엄마가 단연 돋보였다. 니키타가 그 옆에서 어깨를 약간 움츠린 채 엄마를 바라보고 있었다. 엄마가 지구상의 유일한 여인인 것처럼.

# 23

나는 집에 돌아오고 나서 사흘 동안 주로 내 방 침대에 앉아서 시간을 보냈다. 에드워드 호퍼의 그림 '아침 해'의 여인처럼 창문을 통해 여름 과일처럼 상큼한 하늘을 내다보았다. 내가 줄곧 쉬겠다고 해도 아빠 엄마나 마들렌 아줌마가 잔소리를 할 수 없었던 데에는 시차가 좋은 구실이 되어 주었다.

나는 먹지 않았다. 그림도 그리지 않았다. 어떤 것에도 의욕이 없었다.

나는 시간이 가는지도 모르고 나란체첵의 조약돌을 손바닥 안에서 굴리며 생각에 빠져 있었다.

여러 의문들 중에서도 특히 두 가지가 윙윙거리는 딱정벌레처럼 머릿속을 맴돌았다. 쫓아낼 수가 없었다.

니키타와 엄마는 서로 사랑한 것일까? 그렇다면 니키타가 나의 아버지일까?

16년도 더 되는 세월 동안 엄마가 연극을 했다고는 믿기 힘들었다. 자신의 삶을 거짓 위에서 꾸려 가는 게 쉬웠을까? "아빠, 고마워요!" 해마다 6월의 아버지날이 되면 내가 눈물을 글썽이며 이렇게 말하는 걸 볼 때의 심정은 어땠을까? 만일 그곳에 계속 머물렀다면 어떤 삶을 살게 되었을까를 상상하면서 니키타의 추억 속에서 사는 것은 쉬웠을까?

하지만 내가 완전히 오해하고 있는 거라면 어떡하지? 엄마는 그저 목걸이를 잃어버린 것이라면? 니키타가 그걸 간직했지만, 엄마는 전혀 모르고 있는 것이라면?

이런 질문들이 머릿속에서 소용돌이치면서 나는 견디기 힘든 괴로움에서 벗어날 수가 없었다.

나는 거울 앞에서 내 모습을 뜯어보며 니키타와 비교하느라 많은 시간을 보냈다. 저녁에 집에 혼자 있을 때면 나는 서재로 들어가 그 남자의 얼굴을 다시 뜯어보곤 했다. 이제 그 얼굴은 완전히 다른 차원에 속해 있었다. 나는 니키타가 사진 속에서 짓고 있는 표정을 재현하기 위해 타이머를 이용해 내 얼굴을 찍어 보았다. 그리고 나서 떨리는 심정으로 공통된 얼굴선이나 표정을 찾으면서 우리 둘을 비교해 보았다.

그런데 솔직히 근거가 없어도 너무 없었다. 안타깝게도 나는 내 아빠일 가능성이 있는 두 남자 가운데 누구와도 닮은 데가 없었다.

나는 바카르의 편지를 받았을 때의 엄마의 말들과 얼굴 표정을 떠올려 보려 애썼다. 감추려고 애를 썼지만 엄마가 당황했던 건 분명했다.

엄마는 내가 몽골로 떠나는 것에 대해 아무 말도 안 했다. 내가 갈 수 없을 거라고 믿었던 것일까? 하긴 그때엔 나도 그렇게 믿었다. 엄마는 내가 무엇인가를 알아낼까 봐 두려웠던 게 아닐까? 내가 의심이나 확신을 품고 돌아와서 엄마의 결혼 생활, 아니 우리 삶 전체의 균형을 깨뜨릴 수도 있다고 생각한 것일까?

내가 엄마라 해도, 또 다른 진실이 있고 그 진실이 드러날 수 있다고 생각하면 끔찍했을 것이다. 그걸 감추기 위해서라면 무슨 일이라도 했을 것이다. 그렇다면 사실상 엄마한테 책임이 있다 해도, 아빠가 이 여행에 대해 갑자기 열성을 보인 건 참으로 공교로운 일이었다. 아빠가 말했다. 병원에서 그렇게 인생을 썩히고 말 거냐며 엄마가 수없이 나무랐다고. 아빠는 이제 50대 초반으로 접어들었다. 아빠는 좋은 집안에 태어나 명예와 안락함을 다 갖춘 유복한 외과 의사의 삶을 살아왔다. 그러면서도 엄마가 젊은 시절에 사랑했던 멋진 봉사자의 모습을 완전히 잃진 않았다는 걸 증명해 보이고 싶었을 것이다. 아니면 엄마는 혹시 이 여행에 대해 두려워할 만한 게 없었던 건 아닐까?

만일 니키타와의 사랑이 비밀로 남아 있다면 걱정할 게 없을 것이다. 더셸터 회관의 구성원이 바뀌었다면 더더욱 그랬다. 게다가 오랜 이웃이나 친구가 목걸이 주인이 바뀌었다는 사실을 알아챘다고 해도, 아빠나 나를 그 사실과 연관 지을 이유가 전혀 없었다.

그러니 나란체첵이 니키타의 사진을 보여 주지 않았다면 (그 많은 사진 가운데 하필이면 그가 유일하게 상체를 드러내고 찍은 이 사진이 아니었다면!) 나도 아무런 의심을 가지지 않았을 것이다.

아침저녁으로 세 식구가 함께 식사를 할 때면 나는 엄마 아빠의 태도에서 읽히는 근심을 가라앉히기 위해 노력했다. 아직 여독이 완전히 풀리지 않았다거나, 생전 처음 경험해 본 봉사 활동의 충격에서 벗어나지 못했다는 핑계를 대며 안심을 시켰다. 그러면서 나는 진짜 모습을 숨겼다. 여행 경험 덕분에 더 성숙해지고 깊이가 생긴, 한결 철이 든 고등학생의 얼굴을 보여 주려 애썼다. 질문에 또박또박 대답했고, 거기서 본 것들에 대해 자신해서 얘기하기도 했다.

나는 아빠 엄마 말고 그 누구와도 몽골에서의 경험을 공유할 수 없다는 걸 알고 있었다. 강렬한 경험들은 다 그렇다. 체험하지 않은 사람들로선 이해하기 어려운 것이다.

그러나 하루 이틀 지나면서 나는 점점 더 침체되었다. 이런 식으로 계속 지낼 수는 없었다. 모순된 감정들이 뒤섞여 엄마와 나 사이에서 베일처럼 펄럭이고 있었다. 어느 때에는 이런 혼란에서 벗어나려면 바보가 되는 게 좋겠다는 간절한 마음이 들기도 했다. 술은 입에도 못 대는 내가 독주를 마셔 볼 생각까지 했다. 한 모금 입에 물었다가 도로 뱉어 버렸지만.

술술 잘 읽히는 소설을 읽으며 마음을 가라앉히려는데, 엄마가 퇴근하고 집에 오자마자 내 방에 들어왔다. 엄마는 침대 가장자리에 앉더니 걱정스런 표정으로 나를 들여다보았다.

가슴속에서 심장이 쿵쾅쿵쾅 뛰기 시작했다.

결국 똑바로 마주하는 게 유일한 해결책이겠다는 생각이 들었다. 아빠가 없는 지금 이 시간에.

목덜미에 찝찔한 땀방울들이 맺히기 시작했다. 무슨 말부터 시작해야 할까? 엄마는 어떻게 반응할까? 만일 내가 완전히 소설을 쓴 거라면, 엄마는 나를 어떻게 생각할까? 혹시 그 반대로 내 상상이 모두 사실이라면, 우리의 불편한 관계를 아빠에게 어떻게 감춰야 하지?

침을 삼켰다. 목이 부풀어 오른 것 같았다. 일단 말을 꺼내게 되면 돌이킬 방법은 없다. 모든 게 망가지고 말 수도 있다.

마침내 내가 입을 열었다.

"엄마……."

그런데 갑자기 현관문이 열리는 소리에 내 말이 끊기고 말았다. 아빠가 퇴근한 것이다.

"아멜리아, 괜찮아?"

엄마의 물음에 나는 미소를 지었다. 엄마가 내 머리카락을 어루만졌다. 벽에 비친 우리 둘의 그림자도 내 가쁜 심장과 같은 리듬으로 뛰고 있는 것 같았다.

아빠 엄마는 오늘 밤도 잘 지내겠지.

# 24

그날 밤은 긴 악몽에 시달렸다. 나는 땀에 흠뻑 젖은 채로 잠에서 깨어났다. 머리카락이 뺨에 들러붙어 있었다. 충격과 고통으로 입 안이 썼다.

꿈속에서 나는 엄마를 죽였다. 나담 축제가 벌어지는 경기장 한가운데에서였다.

나는 매력적인 몸매를 드러내 주는 파란 작업복을 입고 있었다. 내가 눈도 깜박이지 않고 아주 편안하게 엄마에게 삽질을 하는 동안, 관객들은 만세를 부르며 환호했다. 관객들 모두 묵숚의 얼굴을 하고 있었다. 그 아이의 어두운 표정, 폭풍 같은 눈 그대로였다.

다음 날 아침, 나는 급작스럽게 병이 났다. 집에 돌아온 지 나흘 째 되는 날이었다. 다리가 시뻘겋게 부어올랐고, 눈도 잘 보이지 않았고, 열이 39도까지 오르면서 어지럼과 경련이 함께 나타났다. 아무것도 먹을 수가 없었고, 아무것도 기억나지 않았다. 11시까지도 내가 아침을 먹으러 오지 않기에 마들렌 아줌마가 내 방에 와 보니 그러고 있더라는 것이었다.

응급실로 실려 갔다. 아빠는 내가 몽골에서 전염병에 걸린 게 아닌가 걱정했다. 그렇다면 특별한 조치가 필요하다. 입원하고 있는 동안 엄마가 내 머리맡을 지켰다.

혈액 검사 결과가 나왔다. 다행히 크게 걱정할 일은 없었다. 봉와직염이라는 병이었는데, 세균성 구협염의 심각한 형태라고 했다. 비행기의 냉방 장치 때문인 게 분명했다.

엄마가 나를 병원에서 데려오자, 경비 아줌마가 레이스 커튼이 쳐진 자기 방에서 나왔다. 내가 절름발이가 되어 돌아오는 걸 보려고 아침 일찍부터 커튼 뒤에서 기다리고 있었던 게 분명했다.

엄마가 한사코 아니라는데도, 아줌마는 내가 몽골에서 감염되었다고 확신하는 듯했다. 그러면서도 주뼛거리며 내 소식을 물으러 다가오는 걸 보는 순간, 갑자기 지난겨울에 봤던 장면이 떠올랐다.

1월이었다. 경비원에게 새해 선물을 주는 시기였다. 날씨가 추운데다 눅눅하기까지 했다. 엄마 아빠는 귀찮은 숙제를 빨리 해치우겠다는 심산이었던 것 같다. 나는 얼른 따뜻한 이불 속으로 들어가 혼자 고독을 즐기고 싶었다. 든든한 동반자인 크로키 수첩과 커다란 비스킷 상자를 옆에 끼고서. 그러나 아줌마는 송년 파티 때 감염된 구협염 때문에 고생한 얘기를 구구절절 늘어놓고 있었다. 프로이트 이론의 충실한 신봉자인 엄마는 이렇게 대꾸했다.

"제 개인적인 생각이지만, 대부분의 병은 마음에서 생기는 것 같더라고요."

"그래요?"

아줌마는 사랑에 빠진 개구리 같은 눈길을 아빠에게 보내며 못마땅한 듯 대답했다. 아빠는 듣는 척하면서 머리를 끄덕일 뿐이었다.

"구협염에 걸리셨다면, 뭔가 넘기기 힘든 일이 있었던 게 아닐까요?"

이 말을 하면서, 엄마는 손을 자기 목에 갖다 댔다. 목이 꽉 막힌 상태를 보여 주려는 것 같았다.

뭔가 넘기기 힘든 일이라니…….

항생제와 영양제로 가득한 약봉지를 들고 내 방으로 돌아왔다. 나는 발목에 포환을 달고 마라톤을 세 번이나 뛴 사람만큼이나 지쳐 있었다.

내 눈길은 머리맡에 올려 둔 나란체첵의 조약돌 위에 멈췄다. 조약돌을 손에 쥐자. 올기의 게르에서 느꼈던 감정이 되살아났다. 내 앞에서 타고 있던 불길의 강렬한 냄새도 느껴졌다. 모기를 쫓기 위해 태우던 말린 쇠똥의 기억과 함께 나를 포근히 감싸 주던 부부의 부드럽고 소박한 온정이 떠올랐다.

홀로 내 방 침대 위에 앉아 나는 다짐했다. 이 모든 것에서 벗어날 방안을 찾아야 한다고. 엄마와 함께 그 문제를 정면에서 접근한다는 건 불가능하다는 걸 인정하면서도, 더 이상은 이런 상태로 지낼 수 없다는 생각이 들었다.

# 25

그래서 나는 엄마가 시키는 대로 했어.

컴퓨터를 가져다 글을 쓰기 시작한 거야.

나는 잊지 않기 위해 썼어. 또 모든 걸 자세하게 적다 보면 내가 가진 의문들에 대한 답을 찾을 수 있을 거라는 기대도 있었어.

몇 주 동안 이 글을 썼어. 조금 쓰다가 쉬고, 조금 쓰다가 다시 쉬고. 내 감정을 다스리는 시간이 필요했거든.

그러는 사이에 일상 속에서 여름도 저물어 갔어.

어느새 11월이 되었네.

플라타너스 나무 우듬지엔 너덜너덜해진 이파리들 몇 장만 남아 떨고 있어. 잿빛 하늘은 메말라 있고 사람들의 표정도 마찬가지야. 경비 아줌마는 인삼으로 치료를 하고 있다지. 자기 시누이가 권한 처방이라고 했어.

학교에선 바칼로레아 모의시험 준비를 하고 있어. 나는 함수의 적분이 어려워. 아빠가 과외 선생님을 구해 준댔어. 샤를로트와 아론은 지난달부터는 어울려 다니지 않아. 안된 일이지.

머나먼 그곳에선 추위를 피하느라 묵숙도 두툼한 초판*으로 갈아입었겠지. 얼음장에 덮인 호수에서 장난치면 안 된다고 달라타이 아저씨가 주의를 주어야 할 텐데.

오늘은 조용한 집에 틀어박혀 지난 몇 달 동안 내가 썼던 글을 모두 읽어 보았어. 웃기도 하고, 떨기도 하고, 또 울기도 하면서.

지금의 내 심정을 엄마한테 털어놓을게.

니키타와 아빠 가운데 누가 나의 '진짜' 아빠인가 하는 건 결국 중요한 게 아니라는 생각이 들어.

물론 알고는 싶지. 하지만 근본적으로 내 아빠가 누구인지는 나도 이미 알고 있어. 엄마의 생식세포가 아빠의 것과 섞였는지, 다른 사람의 것과 섞였는지는 상관없어. 앞으로도 영원히 나의 아빠는 내가

---

* 카자흐의 전통 옷.

이미 알고 있는 분. 나의 어깨에 손을 얹어 주는 바로 그분이니까. 내가 아무리 부족해도, 나를 당신 딸이라고 속삭여 주는 그분이니까.

내가 쓴 글을 다시 읽어 보면서 깨달은 게 또 하나 있어. 나는 끊임없이 나를 엄마와 비교하려 했어. 어쩌면 사람들 눈에 띄려고 그랬는지도 몰라. 엄마 곁에서도 존재감을 가지려고 더 뚱뚱해지려고 했던 건지도 몰라.

하지만 어른이 되려면 엄마에게서 벗어나야겠지. 이 여행을 하지 않았다면 영영 그러지 못 했을 거야. 우연인지 운명인지 몰라도 내가 몽골로 가게 된 데엔 다 이유가 있었던 것 같아. 내가 누구인지 아는 훈련을 하고, 자신과 사이좋게 지내는 법을 배우기 위해서였던 것 같아.

그만 마무리할게.

이 글을 프린트해서 엄마한테 보란 듯이 건네줄 거야. 엄마가 있는 그대로 받아들여 주리라는 걸 알고 있으니까.

이 글은 사랑과 감사의 표시야. 엄마의 삶에 어떤 어두운 얼룩이 져 있다 하더라도, 혹시 엄마가 그걸 덮어 버리고 싶어 했다 하더라도 이해할 수 있어.

이 글은 엄마가 이 여행을 떠날 수 있도록 허락해 준 데 대한 감사의 표시이기도 해. 바카르, 프랑크, 사이먼 그리고 오얀자와의 만남에 대해서도, 묵숚과 그 아이의 폭풍 같은 눈을 만난 데 대해서도, 나

자신과의 만남에 대해서도 감사하고 싶어.

나는 거기서, 구름이 태어나는 그곳에서, 나를 발견했어.

이제 엄마가 어떤 진실을 알려 준다 해도, 나는 흔들리지 않을 거야.

# 구름이 태어난 곳

제1판 제1쇄 발행일 2016년 3월 3일
제1판 제3쇄 발행일 2019년 6월 12일

글쓴이 · 아늘리즈 외르티에 | 옮긴이 · 조현실

펴낸이 · 곽혜영 | 주간 · 오석균 | 편집 · 최혜기 | 디자인 · 소미화 | 마케팅 · 권상국 | 관리 · 이용일, 김경숙
펴낸곳 · 도서출판 산하 | 등록번호 · 제300-1988-22호
주소 · 03169 서울특별시 종로구 사직로 8길 21-2, 402호(내자동 서라벌빌딩)
전화 · (02)730-2680(대표) | 팩스 · (02)730-2687
홈페이지 · www.sanha.co.kr | 전자우편 · sanha83@empas.com

**Là où naissent les nuages by Annelise Heurtier**


ISBN 978-89-7650-472-2 44860
ISBN 978-89-7650-400-5 (세트)

* 이 도서의 국립중앙도서관 출판시도서목록(CIP)은 e-CIP 홈페이지(http://www.nl.go.kr/ecip)와
국가자료공동목록시스템(http://www.nl.go.kr/kolisvet)에서 이용하실 수 있습니다.
(CIP제어번호:CIP2016004481)